# EL AJEDRECISTA

ESTEBAN NAVARRO

Copyright © 2019 Esteban Navarro

Todos los derechos reservados.

ISBN: 9781670264602

*Primera revisión en abril de 2020*

*A Ester. A Raúl.*
*A Raúl. A Ester.*

| | | | |
|---|---|---|---|
| Capítulo 1 | *(1)* | Capítulo 27 | *(107)* |
| Capítulo 2 | *(5)* | Capítulo 28 | *(111)* |
| Capítulo 3 | *(11)* | Capítulo 29 | *(115)* |
| Capítulo 4 | *(15)* | Capítulo 30 | *(121)* |
| Capítulo 5 | *(21)* | Capítulo 31 | *(127)* |
| Capítulo 6 | *(25)* | Capítulo 32 | *(133)* |
| Capítulo 7 | *(31)* | Capítulo 33 | *(137)* |
| Capítulo 8 | *(37)* | Capítulo 34 | *(143)* |
| Capítulo 9 | *(39)* | Capítulo 35 | *(147)* |
| Capítulo 10 | *(43)* | Capítulo 36 | *(151)* |
| Capítulo 11 | *(47)* | Capítulo 37 | *(157)* |
| Capítulo 12 | *(51)* | Capítulo 38 | *(163)* |
| Capítulo 13 | *(55)* | Capítulo 39 | *(169)* |
| Capítulo 14 | *(59)* | Capítulo 40 | *(173)* |
| Capítulo 15 | *(63)* | Capítulo 41 | *(179)* |
| Capítulo 16 | *(67)* | Capítulo 42 | *(183)* |
| Capítulo 17 | *(69)* | Capítulo 43 | *(187)* |
| Capítulo 18 | *(73)* | Capítulo 44 | *(191)* |
| Capítulo 19 | *(77)* | Capítulo 45 | *(195)* |
| Capítulo 20 | *(81)* | Capítulo 46 | *(199)* |
| Capítulo 21 | *(85)* | Capítulo 47 | *(203)* |
| Capítulo 22 | *(89)* | Capítulo 48 | *(209)* |
| Capítulo 23 | *(93)* | Capítulo 49 | *(211)* |
| Capítulo 24 | *(95)* | Capítulo 50 | *(217)* |
| Capítulo 25 | *(99)* | Capítulo 51 | *(223)* |
| Capítulo 26 | *(103)* | Nota final | *(231)* |

'Chess is as elaborate a waste of human intelligence as you can find outside an advertising agency'.

«El ajedrez es un desperdicio de inteligencia humana tan elaborado como el que puedes encontrar fuera de una agencia de publicidad».
**Raymond Chandler**

'Una historia debe tener un comienzo, un medio y un fin, pero no necesariamente en ese orden'.
*Jean-Luc Godard*

**1.** Sergio y Ángela

El joven matrimonio se encapricha del piso nada más verlo. Se lo muestra la señora Trinidad, una amiga de la propietaria. Fue ella quien insertó el anuncio en el semanario el *Capgròs* y quien los atendió cuando llamaron por teléfono.

*Piso céntrico, bien situado, a menos de una hora de Barcelona en tren, o media hora en coche. Segunda planta. Pocos vecinos. Terraza. Trastero. Zona de fácil aparcamiento. Amueblado. Para entrar a vivir.*

Sergio, como buen policía, se informa y sabe que el edificio lo mandó construir Anselmo Calenda, un conocido chatarrero de Mataró. Lo había edificado sobre un antiguo desguace de los años cincuenta que, cuando funcionaba, ocupaba toda la calle. Al desaparecer la empresa, el terreno se vendió y se construyeron varios edificios que conforman el barrio. Ese bloque fue el primero en edificarse y el dueño se quedó un piso en la segunda planta.

Trinidad tiene una edad indeterminada, difícil de precisar. Es de ese tipo de personas que lo mismo pueden tener sesenta años, como setenta u ochenta. La ausencia de arrugas y el caminar erguido le confiere un aspecto saludable. Cuando quedan frente al bloque les relata, como buena anciana, parte de su vida. Mientras habla hace esfuerzos para que no se le note que tiene que respirar por la boca, porque si no se ahoga.

—Enviudé cuando la guerra civil —les dice rebuscando la llave en su bolso.

No se lo creen. En ese caso, la señora debe tener noventa años como mínimo.

—Esperad aquí un momento —se excusa—, la llave me la he dejado en mi casa.

El matrimonio observa cómo camina recta por la acera y se mete en un portal que hay dos números más abajo.

—Esa mujer es muy mentirosa —le dice Ángela a su marido, como si la conociera.

—Deja que se explique —contraviene Sergio—. A la gente mayor le gusta contar su vida, les hace sentirse importantes.

Sergio tiene la misma edad que su esposa. Hace unos años que accedió a la policía nacional y finalmente le han concedido el traslado para poder mudarse desde Barcelona a Mataró. Mientras esperan contemplan los dos enormes bolardos que evitan que por la calle pueda pasar nada más ancho que una bicicleta. En la parte trasera del bloque hay una montaña de roca con un conjunto de pinos mediterráneos en su montera.

—¿Sois de Barcelona? —se interesa la anciana cuando regresa.

—Vivimos allí —responde Sergio—. Pero yo soy originario de Murcia. Aunque mis padres vinieron aquí cuando yo era pequeño, y aquí me he quedado.

—¿Y tú? —le pregunta a Ángela—. ¿De dónde eres?

—De Barcelona —responde con semblante serio.

—Y por lo visto os queréis venir a vivir a Mataró —asegura sonriendo—. ¿Trabajas por aquí? —le pregunta directamente a la chica.

—No, de momento. Pero trabajaré en breve.

—Te lo pregunto porque me suena mucho tu cara. —Ángela demuda la expresión—. ¿Cómo te llamas?

—Ángela.

—¿Ángela qué?

— Ortega.

—Ángela —repite murmurando—. Es un nombre precioso. ¿A qué te dedicas?

—Soy gemóloga.

—¿Gemóloga? No sé qué es.

—Básicamente me dedico a la evaluación de piedras preciosas y gemas. De ahí el nombre de gemología.

—Entiendo. ¿Y tú? —le pregunta a Sergio—. Os parecerá que soy una cotilla, pero es que en los tiempos que corren es indispensable saber quiénes son los que vamos a meter en nuestros pisos.

—Soy policía nacional y, de momento, tampoco trabajo en Mataró. Pero lo haré en breve, ya que me han concedido una plaza en su comisaría.

—Ah, bueno. Un policía siempre es alguien de fiar.

Sergio asiente con una sonrisa.

—¿Y tú has estado alguna vez por aquí?

—Alguna vez —responde—. Pero siempre de paso.

—Apuesto a que fue por alguna discoteca.

—Apueste que ganará —acepta—. La discoteca Chasis es un buen reclamo.

—No perdamos más tiempo que seguro tenéis cosas que hacer. Venid que os mostraré el piso —dice abriendo la puerta del vestíbulo con una llave que todo el rato sostiene en la mano—. Esta puerta es de hierro forjado. Se escucha mucho al principio, pero pasados unos días el oído se acostumbra y ya veréis cómo ni siquiera os dais cuenta de que esta puerta existe. Y una de las mejores cosas de este bloque, son los vecinos: hay pocos y bien avenidos. Si os lo quedáis no tendréis ningún problema con ellos.

Seguidamente sonríe con picardía, como si hubiera dicho una sagacidad. Y de la risa pasa a la carcajada. Parece que tenga una pareja de pájaros atrapados en el interior de su garganta.

## 2. Diez años antes

Tan solo pasan unos minutos de las ocho de la tarde de ese inusualmente caluroso viernes del mes de junio. La temperatura es agradable en el interior del trastero, mientras en la calle las nubes visten el cielo de un color aborregado. Él tiene 78 años. Se conserva bien y su cabeza mantiene el pelo necesario para ofrecer un aspecto lozano. Viste elegante, con americana formal de poliéster de color azul oscuro. Los pantalones son de tergal, bien conjuntados con la camisa de color zafiro. Nada hace presagiar el estatus de ese hombre, a excepción de los mocasines. Unos *Salvatore Ferragamo* con borla indican que es muy rico, o quiere aparentar opulencia. Se sienta cómodamente en una silla de rejilla de roble macizo. Es una silla vetusta, como todo lo que hay en ese trastero. Está rodeado de objetos heteróclitos, dispersos en diferentes estanterías de madera: varios despertadores, instrumentos musicales, libros, cuadros, botes de conserva, chapas de refrescos enmarcadas, sellos, trajecitos de niño con sus etiquetas colgando, un par de aparatos de radio del siglo pasado, muñecas de porcelana y pipas de brezo. El anciano se coloca unas gafas de pasta negra, pues necesita ver bien.

Ella tiene dieciocho años. Es alta. Es delgada. Es guapa. El maquillaje disimula las arrugas de una tristeza que marchita sus ojos. Está triste, pero fuerza una mueca que parece una sonrisa. Lleva un vestido midi con falda ancha, de pliegues plisados. El corpiño, sin mangas, tiene un acabado con volantes y cierre de gota con lazos para anudar. Sus zapatos de salón tienen la punta abierta y muestran unas uñas cuidadas y pintadas de rojo oscuro, casi granate.

Hay alguien más; aunque ninguno de los dos repara en su presencia y lo consideran como lo que es: un objeto inanimado. Es un autómata. Tiene forma humanoide, con un turbante de tela que le cubre la cabeza, quizá para ocultar algún tipo de maquinaria compleja en su interior. Está sentado detrás de un pequeño pupitre de color marrón. Sobre el pupitre y frente a sus ojos sin vida hay un tablero de ajedrez. Solo tiene una mano, la derecha. Y está situada encima del peón que hay delante del rey, preparado para iniciar una partida contra un contrincante invisible. Juega con blancas, siempre lo hace. Siempre gana.

Ella ya está acostumbrada a que ese artilugio esté ahí. De la misma forma que se acostumbró a la decoración tétrica del trastero. Y a ese baúl con tres cerrojos, acumulando polvo arrinconado, guardando secretos de entreguerras. Y también se habituó a los cuadros tenebrosos, la mayoría con motivos religiosos. Y al armario ropero de tres puertas que hay a la espalda del anciano y que ahora contempla con los ojos encogidos.

El anciano le pide que se remangue la falda del vestido.

—De rodillas —ordena con una voz débil, como de alguien a quien sus pulmones no tienen capacidad suficiente como para insuflar aire—. De rodillas, pero con el culo hacia arriba. Quiero verlo bien.

Ella se agacha y posa sus manos sobre el frío terrazo. Las palmas hacia abajo y el culo hacia arriba. El anciano se baja la cremallera de sus pantalones. Ve con repugnancia como se extrae un colgajo de piel. Lo manosea unos segundos, sin éxito.

—Ven —le dice—. Susúrrame al oído.

Ella se acerca. Apoya las manos en la silla y se yergue situando la boca al lado de su oreja. Le susurra frases pecaminosas con un tono de voz suave y sensual. Se excita hasta el punto de que su miembro comienza a tomar forma.

—Ahora —anima—. Vamos, antes de que se afloje.

—No. Ya sabes que eso no entra dentro del trato.

Ella se retira. Se coloca ante él y comienza a acariciarse, como si estuviera masturbándose. Con su mano derecha se restriega su sexo, mientras que con la izquierda se acaricia los pechos. Trata de forzar una mueca de placer, pero en su interior solo alberga asco. Desea que ese viejo asqueroso se corra pronto y así antes terminará esa comedia. A él le excita verla así, se la imagina arrodillada y disfrutando de su miembro. Lo escucha gemir. Y cómo se precipita mientras sus manos se llenan de líquido viscoso. Luego, como si fueran dos amantes, él la mira con dulzura. Le gusta verla así, pisoteada.

—Toma —le dice mientras saca, sin levantarse, un sobre de un cajón del armario ropero que hay a su izquierda—. Aquí tienes tu paga.

—No es lo convenido —rechaza cuando comprueba lo que hay en el interior del sobre.

—Lo sé —acepta—. Pero creo que te estoy dando demasiado dinero para lo que haces. Por la mitad de esa cantidad puedo hallar una guarra que hasta me la chuparía.

—Eres un ser despreciable —La chica mastica las palabras como si estuviera comiendo piedras—. Eres el ser más despreciable que existe sobre la capa de la tierra. He hecho lo que me has pedido. Y ahora solo me das una cuarta parte de lo pactado, cuando sé que tú también sacas mucho dinero con esto.

El anciano tuerce la boca como si hubiera sido pillado en una mentira.

—Eres tú la que vas necesitada de dinero, no yo. Y demasiado te doy —sonríe con perversión—. Dentro de poco ni siquiera tendrás dientes y no servirás ni para mear encima de ti. Anda, coge ese dinero y vuelve la semana que viene que quizá, si lo haces mejor, te pueda dar algo más.

La chica coge un martillo pequeño de la estantería que hay a su derecha. Sabe que ese martillo está allí, porque fue ella misma quien lo puso el día anterior cuando visitó el trastero sin que él lo supiera.

—Eres un viejo asqueroso. Y sé para qué me quieres —asevera con el rostro enrojecido—. Y también sé por qué quieres que me desnude y me arrastre delante del ajedrecista —dice mirando hacia el autómata.

El anciano desajusta la expresión de sus ojos.

—Escucha... —trata de apaciguarla—. No sé de qué hablas, pero te daré el dinero que te debo.

La chica necesita tres golpes seguidos para que en la cabeza del anciano se abra un orificio tan grande como una manzana. El primero lo atonta. El segundo le fractura el cráneo. Y el tercero lo mata. Hay mucha sangre. Hay mucho miedo. Pero no hay ruido. Solo se escucha un golpe seco cuando su cuerpo se desploma en el suelo. Ella lo observa sin soltar el martillo de su mano. Yace boca abajo, con la cabeza hincada en el terrazo, como un animal tratando de esconderse en un inexistente agujero. Ve cómo se debilita y se retuerce en un charco formado por su propia sangre. Ahora parece sosegado. Quieto y tranquilo, como si durmiera.

Se coloca la falda. Se sube los tirantes del vestido y se calza un zapato que se le había salido. Sabe que no investigarán mucho, porque a nadie le importa la muerte de un viejo de 78 años. Pero no puede irse sin antes recomponer la escena del crimen y hacer que lo que allí ha ocurrido parezca el accidente de un anciano estúpido al que las estanterías de un trastero caótico se le cayeron encima.

Coge la llave que hay dentro de un yogur de vidrio de la estantería de la derecha y la deja encima del interruptor de la entrada para que no se pierda. Y, ejerciendo toda la fuerza de la que es capaz, vuelca esa estantería encima del cuerpo. Luego coge un pequeño radiador de la estantería de la izquierda y lo echa por encima. Ve una plancha y la coge con un pañuelo de papel y moja la punta en la sangre del suelo. Hay tanta confusión que está convencida que la policía determinará que el viejo murió solo, cuando estaba arreglando las estanterías.

Quita con un destornillador los cuatro tornillos del interruptor. Comprueba cómo en la clavija de la derecha hay una ranura donde encaja la llave. La introduce y la gira tres vueltas completas a la derecha y luego una vuelta completa a la izquierda. Escucha cómo la baldosa de terrazo se desplaza lentamente. Escucha los hierros friccionando bajo sus pies. Con cuidado de no mancharse de sangre, mete la mano dentro de la trampilla y coge las dos bolsas de tela y el manual con las tapas de cuero. Luego arrastra el ajedrecista empujándolo sin mucho esfuerzo hasta que cae por el hueco. Se sitúa al lado de la puerta. Se queda quieta. Con su mirada peina la escena. No hay ningún ruido, solo se escucha el crepitar de su corazón. Y lo único que se mueve en ese trastero es un ancho reguero de sangre que serpentea sobre el terrazo de mármol hasta chocar contra el baúl de tres cerrojos que interrumpe su paso. Y acciona el mecanismo de nuevo para que la abertura se cierre.

—Maldito hijo de puta —masculla entre dientes mientras observa los ojos apagados del autómata que se pierden en la oscuridad.

Antes de salir mira el cuerpo consumido del anciano. Tiene la intención de escupir encima, como si con esa acción pudiera sentirse mejor. Pero recapacita y piensa que, si escupe, difícilmente parecerá un accidente.

**3.** El piso de Calenda

Una nube de polvo y humedad reprimida surge del interior del piso cuando la señora Trinidad abre la puerta.

—¿Está amueblado? —pregunta Ángela.

—Sí, y no os asustéis por los muebles. Pero Aurora, la propietaria, es muy religiosa.

—¿Y lo venden con los muebles?

—Sí, con todos. Pero si os interesa el piso, luego podéis hacer con ellos lo que queráis.

En una de las habitaciones hay dos cuadros colgados en la pared con símbolos cabalísticos.

—¿Y esa cuna tan horrenda? —Ángela señala una cuna alta, cubierta con una fina tela transparente que parece sacada de la película La semilla del diablo.

—Es de la propietaria —responde—. Pero como os he dicho antes, una vez el piso sea vuestro podéis hacer con los muebles lo que queráis.

En otra habitación, quizá más pequeña de lo esperado, hay un despacho de madera noble y la pared se encuentra repleta de libros antiguos. El polvo que los recubre es notable.

—Es parte de la biblioteca de Anselmo —les dice.

Sergio se fija en la parte alta de la librería, hasta donde su metro ochenta de estatura alcanza a ver, y comprueba que hay una revista «LiB», con una espléndida Susana Estrada copando la portada.

—¿Qué miras tanto? —le pregunta Ángela.

—Nada. Sigamos con la visita del piso.

El salón es amplio y bien distribuido y el único suficientemente iluminado con un balcón que asoma a la calle de la Ginesta.

—¿Y esa mujer no tiene hijos que puedan quedarse con los muebles y los libros? —pregunta Sergio.

—No seas cotilla —recrimina su esposa.

—Hace bien en preguntar, el que no pregunta nunca sabe.

El matrimonio no tuvo hijos y ahora Aurora es muy mayor y está enferma —dice Trinidad tocándose la sien con la mano—. Su hermano, Matías, falleció hace unos años. Y desde entonces no sabemos nada de su única hija: Rita, que es el único familiar que le queda.

—Bueno, Sergio —interviene Ángela—. No atosigues más a esta señora con asuntos que no nos conciernen.

—¿Qué os parece? ¿Os gusta el piso?

—Depende —sonríe Sergio.

—¿De qué?

—Del precio.

—Sesenta mil euros.

—¿Sesenta mil euros? —pregunta Ángela para estar segura.

—Sí, eso he dicho.

Ángela mira a Sergio, esperando una respuesta.

—Os dejo un momento para que lo habléis entre vosotros —indica la señora Trinidad mientras sale por la puerta hasta el rellano.

—Es la mitad de lo que vale un piso en esta zona —masculla Ángela conteniendo una mueca de alegría—. Es una buena compra.

Sergio arruga los labios.

—¿Tú crees?

Ella le devuelve una mirada de ojos dubitativos. Conoce perfectamente esa mirada de «decide tú».

—Es barato y céntrico.

—No sé —suspira Sergio—. A mí el piso me gusta mucho. Pero quizá sesenta metros son pocos metros para una familia. Y lo digo pensando en tener hijos —le guiña un ojo.

—Bueno —interviene la señora Trinidad traspasando la puerta—. Es cierto que sesenta metros son justos para un matrimonio con hijos, pero pensad que tenéis una habitación más en el sótano, donde podéis bajar los trastos y descongestionar el piso en caso de que necesitéis más espacio.

—¿Un trastero? —pregunta Sergio.

—No —niega con la cabeza la vendedora—. No es un cuarto trastero, es una habitación de quince metros cuadrados.

—El sótano —murmura Ángela.

**4.** Rita y Martina

En el mes de marzo de 2005, Rita y Martina quedaron en casa de unos chicos de Palafolls, ambos camareros de una discoteca de moda de Lloret de Mar. Las dos se conocen desde que coincidieron unos meses antes en un pub de Blanes. Los dos chicos eran valencianos. Uno tenía 23 años y el otro 21, las chicas solo tenían 18 años. Eran las seis de la tarde y Alberto y Rodrigo no tenían que entrar a trabajar hasta las diez de la noche; aunque la discoteca no abría al público hasta las once, pero tenían que ir antes para llenar las neveras y preparar todo, como los limones cortados, cubitos de hielo y proveer de bebidas alcohólicas las estanterías de las tres barras. Ese día, el sábado 26, era el penúltimo día de Semana Santa y los dueños de la discoteca preveían llenar el aforo.

Cuando llegaron las chicas, Alberto se lio un porro de hachís. Sus ojos de color azul cielo se iluminaron cuando lo encendió con un mechero de gas. Luego se lo entregó a Martina, que lo cogió de su mano emitiendo una sonrisa. Después lio otro y se lo dio a Rita. Entretanto, Rodrigo preparó cuatro cubalibres de ron que sirvió sobre una desconchada mesa de madera que había en el centro del salón.

—¿Os quedaréis a dormir aquí esta noche? —preguntó Alberto guiñándoles un ojo.

Rita y Martina se miraron con desconcierto. No pudieron evitar cierta incomodidad que los dos chicos detectaron.

—Yo no —respondió Martina—. Debo estar pronto en casa —argumentó sin más explicación.

—Vamos, no me jodas —clamó Rodrigo—. ¿Tus padres todavía te controlan?

—No. No es por mis padres, es porque los domingos trabajo en la cocina de un restaurante de Mataró y no me gusta ir a trabajar hecha polvo.

—¿Y tú? —le preguntó a Rita—. ¿Te quedarás a dormir?

Las dos chicas se miraron de reojo.

—No. Yo tampoco me quedo —respondió—. Así que hoy tendréis que cascárosla solos —dijo para incomodidad de su amiga.

—Joder, tía. Tampoco hay que ser así.

Alberto y Rodrigo intercambiaron una mirada de complicidad que no pasó inadvertida a las chicas.

—Bueno —comentó Alberto acariciándose una de las finas patillas que perfilaba su oreja—, no es un mal plan el que ofrecemos. Podéis beber todo lo que queráis en la discoteca a cuenta de la casa. Nosotros —dijo mirando a Rodrigo—, salimos a las cinco de la madrugada, entre una cosa y otra. No me negaréis que no es una buena forma de terminar un sábado por la noche.

Martina forzó una sonrisa que finalmente quedó en una mueca horrenda.

—Sexo a cambio de cubatas —expelió Rita—. ¿Eso es lo que pensáis de nosotras? Hablo por mí, porque Martina trabaja en un restaurante los domingos y se saca algún dinerillo, pero yo no me acuesto con cualquiera porque no soy una puta —comentó ante la expresión desencajada de los dos chicos—. Mi cuerpo vale mucho como para que lo manosee cualquiera.

Martina le tocó un brazo para que se calmara.

—Joder, Rita. Me estoy quedando a cuadros contigo.

—Me voy —zanjó la conversación poniéndose en pie y cogiendo su bolso.

Los chicos no dijeron nada, pero Martina salió tras ella y la interceptó en el rellano.

—¿Qué ocurre? Me has dejado de piedra ahí dentro.

A través del resquicio de la puerta se veía a los dos chicos fumando los porros y bebiendo los cubatas, como si la escena que acababan de presenciar fuese lo más normal del mundo.

—Nada, tía. No me gusta que me traten como a una puta.

—Pues yo creo que esos dos son muy majos. ¿Qué esperabas cuando nos han invitado?

—Ya, ya. Si las dos sabíamos a qué hemos venido. Pero estamos en desigualdad de condiciones, porque ellos creen que somos unas guarras que hemos venido a follar.

—¿Y a qué crees que hemos venido?

—No me hagas caso —se disculpó Rita—. Estoy muy susceptible con el desprecio que detecto en ciertos hombres hacia mí.

—Estos son dos chicos normales —insistió—. Los conocí el año pasado cuando vinieron a trabajar a Lloret. Uno serio y el otro un cachondo. Son perfectos para nosotras.

—Sí, ya me lo dijiste. Pero...

—Ni peros, ni peras —la interrumpió—. Anda, vayamos ahí adentro y pasémoslo bien. Que es a lo que hemos venido. —Rita sonrió como respuesta—. ¿Cuál prefieres? —le preguntó rozando su mejilla en un gesto cariñoso.

—Los dos —respondió bromeando—. No, en serio, vayamos a la discoteca esta noche y disfrutemos a tope.

—Esa es mi Rita.

Cuando entraron de nuevo al piso, los dos chicos ni se inmutaron. Alberto incluso encendió un ordenador portátil que dejó sobre la mesa de madera, entre medio de los vasos de cubalibre y el cenicero de colillas.

—¿Qué hacéis? —consultó Martina sentándose en el sofá y haciéndole una señal a su amiga para que hiciera lo mismo.

—¿Ya se le ha pasado el disgusto? —le preguntó Rodrigo a Martina, omitiendo a Rita, como si no estuviera allí—. Por lo visto le aflora la castidad en los momentos más insospechados.

—Os pido disculpas. Me he ofendido injustamente creyendo que me tratabais como lo que no soy.

—¿Y cómo no eres? —Alberto apagó la colilla del porro en el ancho cenicero de vidrio.

—Bueno, mejor que lo dejemos.

—Ya se ha disculpado —comentó Martina—. Todo el mundo tiene derecho a tener un mal rato.

Alberto giró el ordenador portátil.

—Mirad. ¿A ver si reconocéis a alguien?

En el monitor se observaba lo que parecía un vídeo casero.

La definición de la imagen era muy precaria, pero se distinguía a una chica de espaldas mientras bailaba de forma sugerente y se dejaba caer un vestido fino. Su culo ocupaba casi toda la imagen. Poco a poco comenzó a retirarse mientras se balanceaba acariciándose sus glúteos.

—¿Un vídeo porno? —preguntó Martina.

—Sí —respondió Rodrigo—. Es el que usamos Alberto y yo para pajearnos —dijo mirando directamente a Rita.

—Pues está filmado con el culo —protestó Martina.

—Es un vídeo casero —explicó Alberto—. Están de moda porque los actores no son profesionales y eso da más morbo.

La chica del vídeo comenzó a caminar hacia adelante. Al alejarse de la cámara se percibió que delante había un hombre sentado en una silla. Su miembro flácido y el color y forma de sus piernas indicaban que era un anciano. La chica se arrodilló y se acercó a su oído. El vídeo no tenía sonido, pero el miembro del abuelo comenzó a ponerse erecto. La chica giró la cabeza y entonces mostró la cara a la cámara unos segundos. Los suficientes como para que todos vieran que se trataba de Rita.

—¿Eh? ¿Qué me dices ahora? —la interrogó Alberto—. Si quieres que no te traten como a una puta, no debes comportarte como una puta.

Rita se puso en pie y salió corriendo por la puerta del piso. Esta vez ni siquiera Martina la siguió.

—¿De dónde habéis sacado ese vídeo?

—Es de una página de internet de pago. Suben vídeos de sexo casero y hay varios de este usuario. Es un viejales al que se la pone dura la guarra de tu amiga.

—Pero por Dios, qué mal gusto —clamó Martina—. Si parece filmado en un garaje.

—Más bien en un trastero, por las estanterías que se ven detrás —anotó Alberto.

—¿Y no puede ser una cámara oculta? —sugirió la chica—. De la forma que está grabado parece como que ella no lo sepa.

—Lo sepa o no, ya me dirás qué hace esa guarra de tu amiga poniéndosela dura a un abuelo. Por favor —se humedeció los labios Alberto—, la creía con más estilo.

**5.** El sótano

Los ojos de Trinidad se tornan sombríos mientras rebusca en los bolsillos de su chaqueta.

—¿Si queréis os enseño el sótano?

Ángela emite un gruñido renuente.

—No es necesario, no se moleste —responde—. Si finalmente nos quedamos el piso ya nos hartaremos de verlo. Yo solo quería saber si ese sótano formaba parte de la venta.

—Cuando Anselmo construyó el edificio —sigue hablando la vendedora, ajena al comentario de Ángela—, dejó un espacio abajo para las calderas de la calefacción. Cuando acabó la obra se percató de que ese hueco era excesivo y decidió utilizar el espacio libre como trastero. Tiempo después, cuando ya no fueron necesarias las calderas, puesto que los pisos tienen gas natural, todo ese espacio se destinó a cuartos trasteros, por lo que los cuatro pisos disponen de uno cada uno. Pero el de este piso —dice señalando la puerta con la barbilla—, es el más grande de todos. Con esto no quiero influir en vuestra decisión de comprarlo, pero quizá deberíais ver el trastero antes de rechazarlo. Pensad que suman unos importantes metros a la totalidad de los que dispone la vivienda. El trastero tiene unos quince metros cuadrados, con lo que podéis haceros a la idea de que dispondréis de setenta y cinco metros de espacio útil.

—En el anuncio no habla del trastero —protesta Sergio ante la mirada despreocupada de Ángela.

—Sí que dice que hay un trastero. Lo que no indica son los metros que tiene. Pero lo importante es el piso —fuerza una mueca de disgusto—. Si no os gusta el piso, difícilmente mostraréis interés en el trastero. ¿Queréis verlo o no?

Sergio acepta con un inapreciable balanceo de la barbilla, pero Ángela lo contradice inmediatamente.

—No es necesario, supongo que todos los trasteros son iguales. Visto uno, vistos todos. —Emite una sonrisa nerviosa.

—Pues a mí me apetece verlo —contraviene Sergio.

—Venga, no se hable más. —La vendedora saca la llave para cerrar la puerta del piso—. Bajemos al trastero y os lo enseño y decidís si os interesa el piso o no. Pero antes me gustaría comentaros que... Bueno, es referente a los muebles del piso.

—¿Qué ocurre con estos muebles? —pregunta Sergio antes de que Trinidad cierre la puerta.

—Ya os he dicho que con las pertenencias del piso podéis hacer lo que os venga en gana —dice como si estuviera enfadada—. Pero en el trastero hay algo que... Bueno, es un baúl donde Anselmo guardaba documentos de la chatarrería. Facturas y esas cosas. Por algún extraño motivo, Aurora no quiso desprenderse de ese arcón. Y ahora está ahí abajo, amontonando polvo. Cuando me dijo que quería vender el piso le pregunté que qué haríamos con ese baúl. Pero ella está recluida en una residencia y no tiene ningún lugar donde guardarlo. Así que, ya sabéis como son estas ancianas —dice como si ella no lo fuera—, me dijo que le dijera a los futuros compradores que si no les importaría dejar que el baúl se quedara arrinconado en el trastero hasta que ella muriera.

—Convendrá con nosotros en lo extraño de esa petición —comenta Sergio con expresión áspera.

—Sí. Y así se lo hice saber a Aurora. Pero ella insistió en que es condición indispensable que el baúl se quede donde está.

—¿Cerrado?

—Cerrado, por supuesto.

—Bueno —interviene Ángela—. Lo de ese baúl no me parece determinante para decidirnos sobre la compra del piso. Enséñenos el trastero y así nos hacemos una idea.

Bajan por la escalera, el bloque no dispone de ascensor. Debajo de los buzones de la entrada hay un hueco que Trinidad abre con una llave que extrae de su bolso.

—Agachad la cabeza —les dice—. Esto es muy estrecho y los escalones son minúsculos. Tened cuidado de no resbalar.

—Parece un búnker —comenta Sergio.

Trinidad no responde. Acciona un avejentado interruptor

de color negro, cubierto de grasa sucia, y en el techo se enciende una cremosa luz blanca.

—Esta bombilla la puso el técnico de mantenimiento después de que se pegara un batacazo un día que bajó a revisar una caldera, cuando había calderas. Y desde entonces es la misma bombilla.

El sótano es un espacio de diez metros cuadrados, dividido en cuatro puertas: una por piso. Huele a naftalina y a humedad. Trinidad las señala una a una con su ensortijada mano y les dice a qué vivienda pertenece cada una y los metros que tiene, ya que no todos los trasteros son del mismo tamaño.

—Esos de ahí solo sirven para guardar una bicicleta y una caja de leche, poco más —les dice de los otros tres cuartos—. Pero este es el mejor trastero de todos —apunta con el dedo índice de la mano derecha hacia el trastero que se corresponde con el piso que está a la venta.

En la madera de la puerta se lee, toscamente pintado, el número 2, seguido de la letra D. Trinidad introduce la llave en la cerradura y la gira un par de veces hasta que un ruido metálico indica que la puerta está abierta. Empuja la puerta con la punta de unos zapatos anchos de color negro que no pueden ocultar unos gruesos juanetes, mientras que con ambas manos propina dos estruendosos golpes. Las llaves se le caen al suelo y entonces maldice en voz alta:

—¡Maldita sea!

La puerta se abre. La mujer atina a encender una bombilla desde el interruptor que hay justo al lado del marco.

—Hay dos interruptores, pero solo funciona el de la izquierda —comenta.

Una tenue luz centellea un par de veces antes de quedarse estática.

—Pasad.

Ángela muestra expresión de asombro.

—No te preocupes —murmura Sergio en voz baja—. Cuando esto sea nuestro lo vaciaremos y lo pintaremos de colores claros.

—Es lo primero que haremos —corrobora ella ante la expresión airada de la señora Trinidad.

El trastero está decorado con estilo pompeyano. Les sorprende el suelo de mármol blanco y negro con unas baldosas enormes.

—Qué poco pega ese terrazo tan enorme en un espacio tan pequeño —comenta Sergio.

—Son baldosas de ciento veinte centímetros cuadrados —aclara Trinidad—. Creo que el dueño las mandó construir expresamente para este trastero.

—¿Por qué hay dos interruptores? —se interesa Sergio.

—La verdad no lo sé —responde Trinidad—. Siempre hubo dos interruptores, pero el de la derecha no funciona.

—Sí, eso ya lo ha dicho —se molesta Sergio—. Pero en algún momento ese interruptor tuvo que servir para algo.

Ángela le toca el hombro con afecto.

—Ya haremos esas preguntas si nos quedamos el piso.

## 6. Rita

Rita Páez era hija de Matías Páez, que era hermano de Aurora Páez, que era viuda de Anselmo Calenda. Por lo tanto, Rita era sobrina de Aurora. Nació en 1987 y conservaba una belleza juvenil, encajada en un cuerpo maduro. No pudo evitar que los años hicieran mella en sus ojos arrugados y en su mirada endurecida. Siempre sonreía, incluso en los momentos en que no tenía que sonreír.

Su padre ingresó en una residencia de ancianos y murió al cabo de un año, porque no hay nada peor para alguien que ama la libertad por encima de todo que ser recluido en un lugar extraño y rodeado de desconocidos. Matías siempre se llevó mal con Anselmo. Se llevaron mal desde el principio, pero esa enemistad se enquistó con el paso de los años hasta hacerse incontenible. Dijeron de la familia Calenda que era el mejor ejemplo del refrán padre rico, hijo pobre, nieto pordiosero. Anselmo fue muy rico. Pero al no tener descendencia su fortuna debería repartirse entre sus familiares más próximos. La única heredera era Rita, la hija de Matías. Pero Calenda siempre renegó de su sobrina y nunca dispuso que le correspondiera parte alguna de la herencia.

La historia de Rita fue la misma historia de otras chicas como ella, muchas veces repetida. Fumó desde que cumplió los catorce y se juntó con otros chicos de su edad. Entonces, la generación del euro inició el siglo pensando que las cosas serían diferentes y sus vidas caminarían paralelas a las vidas de otros jóvenes de su edad del resto de países europeos. A los quince ya compartía porros con otras chicas y chicos. El hachís y el chocolate lo adquirían en Mataró, a un vendedor de confianza del barrio de Rocafonda, ya que no querían comprarlo en Cerdanyola, por la proximidad de la comisaría de la policía nacional.

Comenzó a meterse alguna raya en compañía de una amiga a la que acompañó varias veces cuando iba a pillar a un bar de Caldes d'Estrac.

—¿Ves ese tío malcarado de allí? —le preguntó señalando a un tipo de aspecto patibulario que fumaba imperturbable frente a una copa de coñac. —Rita asintió—. Pues si necesitas un revólver para cargarte a alguien, ese te lo proporciona. Le conocen con el apodo del Cuca. Y me han dicho que te consigue un revólver en menos que canta un gallo.

—Y una pistola —anotó Rita con ingenuidad.

—No, tía. Si algún día tienes que cargarte a alguien, utiliza un revólver. No se encasquillan y no hay que ser un experto para disparar. Solo tienes que alargar el brazo y apretar el gatillo. Créeme, un revólver es lo mejor.

—Y apuntar —comentó Rita pensando que su amiga bromeaba.

—Lo de apuntar es cuando se dispara de lejos. Pero si te has de cargar a alguien debes hacerlo a bocajarro. Te pones delante de él, levantas el brazo con el arma y disparas al menos tres veces. Pum, pum y pum. Y luego corre.

Unos meses después, esa chica apareció acuchillada en la playa frente al restaurante Marina. La policía tomó declaración a la cuadrilla y finalmente no se supo quién o quiénes fueron los autores.

Un día, en enero de 2004, ella estaba en un bar del Camí Ral con dos amigas: una de Mataró y otra de Premiá de Mar. Era un bar muy cuco donde servían copas de cava a bajo precio. Tan bajo como la calidad del cava, de marca desconocida. Bruna, una inocente morena de dieciocho años que vivía en el barrio de la Llàntia, dijo que iba al baño, después de la segunda copa de cava. Mientras que Nuria, la amiga de Premiá, había salido a la calle a fumar un cigarrillo, pese a que tenía un buen constipado nasal, porque tenía la nariz roja y le lagrimeaban los ojos. Las tres convinieron que se juntarían en la acera en cuanto Bruna saliera del lavabo y Rita pagara las copas, que ese día, así lo habían pactado, era la poseedora del bote que ponían cuando quedaban.

—¿Cuánto es? —le preguntó Rita al camarero, un atractivo ecuatoriano de menos de treinta años.

El chico le cobró y le devolvió el cambio, y Rita lo introdujo en su monedero, dentro de un bolso de *Louis Vuitton*. Un hombre, que rondaría los cuarenta años, estaba acodado en la barra. Rita no se había fijado en él, pero debería llevar ahí tanto tiempo como ella y sus amigas.

—¿No has pensado en ser modelo? —le preguntó con un tono de voz grave, sin acento.

Desde que cumpliera los dieciséis años que se había acostumbrado a ese tipo de estrategias típicas para ligar. Sí que le chocó que quien hablara fuese un señor, ya que aquel hombre le doblaba la edad. Le sonó a esa manida frase que traducida quería decir: «Me gustaría irme a la cama contigo». Pero, mirándolo a los ojos, comprendió que ese tipo hablaba en serio.

—¿Modelo? —se interesó.

—Sí, de pasarela. Sin malos rollos ni nada del estilo. Eres joven, eres guapa, eres alta, tienes buen tipo y cualquier prenda que te pongas te quedará bien. Vamos, como una modelo —sonrió.

Antes de terminar de hablar ya había sacado una tarjeta de color lila y la colocó al lado de la copa de cava que había, llena con un par de dedos de líquido, en la barra.

—Ven a verme cuando quieras —le dijo expeliendo sinceridad—. Y veré qué puedo hacer por ti.

Rita solo miró el nombre de la tarjeta: Josep Lluis Barbier. Y la dirección: carrer la Rambla. En ese momento pensó en que si ese tío era catalán y su empresa estaba en la Rambla de Mataró, entonces es que era de fiar. El tal Josep Lluis ni siquiera siguió su gesto con los ojos, mientras ella se contorneaba para encajar esa tarjeta en el poco espacio del diminuto bolsillo de su ajustado pantalón vaquero.

Se lo dijo a sus amigas, algo ilusionada, pero queriendo ser realista y quitando hierro al hecho de que le hubieran dicho que podía ser modelo.

—Ni caso —replicó Bruna arrugando sus ojos negros y grandes—. Ese solo quiere acostarse contigo.

—No te fíes —admitió Nuria—. Será que no hay chicas en Mataró para que ese —señaló hacia el interior del bar con su barbilla triangular—, se haya fijado en ti.

A la semana siguiente se dejó caer por la oficina de la dirección de la tarjeta. Esa visita le sirvió para comprobar que la oficina existía, que el tal Barbier era el dueño y que, efectivamente, era una agencia de modelos. Cuando llegó, antes de entrar se fumó un cigarrillo de forma apresurada cerca de la puerta de acceso. Mientras fumaba se entretuvo en observar como un niño de mofletes rojos inflaba un globo. Las pecas de su cara se le hacían grandes y pequeñas ante la atenta mirada del abuelo que permanecía a su lado orgulloso de haberle regalado ese globo a su nieto. La madre, una mujer de aspecto germano, sonreía complacida. Rita se fijó que tenía un aterciopelado vello que le cubría la mandíbula.

Arrojó el cigarro en un cenicero incrustado en una basura, teniendo buen cuidado de apagarlo antes, y accedió a la empresa. Una recepcionista con el pelo recogido en un impecable moño pelirrojo la atendió y le hizo rellenar un formulario que recogió en una carpeta de color lila, como la tarjeta que le había entregado el dueño y como el logotipo de la empresa, que también era de ese color. Cuando terminó de rellenarlo, la recepcionista le preguntó si había apuntado bien los datos de contacto y le dijo que ya la llamarían si estaban interesados.

—¿Está el señor Barbier? —consultó.

—Está reunido —respondió, aunque sonó a respuesta estándar.

—Dígale que he estado aquí —insistió.

—No te preocupes —le dijo—. Él mira personalmente todos los currículos, así que en no demasiados días sabrá que has estado aquí.

Con diecisiete años se convirtió en la amante de Barbier. El hombre se había divorciado hacía tres años y desde entonces solía contactar con algunas chicas de su agencia, siempre rozando la mayoría de edad. Se veían por lo general una vez a la semana, principalmente en sábado. Pero nunca en público, porque Rita seguía siendo menor de edad. Él la invitaba a cenar en su piso, donde tenía que acceder por el ascensor desde el garaje. Y luego hacían el amor. Se sacó el carné de conducir ciclomotores, que le pagó el empresario, y le compró una Yamaha YBR 125 de color rojo. Durante ese año todo fue bien, porque a Rita no le faltó de nada.

En menos de un año Barbier se cansó de ella y la reemplazó por una chica de la misma edad que tenía ella cuando comenzaron a salir. Sin su amante no había dinero. Y sin dinero no había lujo ni buena vida. Con la mayoría de edad y la independencia que le daba el dinero que le entregaba Barbier, Rita pudo alquilar un piso en Mataró e independizarse de sus tíos cuando la acogieron en el piso de la calle de la Ginesta. Así que tuvo la necesidad de mantener ese estatus adquirido durante el año anterior y comenzó a frecuentar ciertos garitos de la costa catalana. Era una mujer hermosa, alta y estilizada. Hizo contactos y conoció a gente. Pero no le sirvieron de nada y durante un tiempo fue incapaz de mantener el estatus que le concedió el empresario. Se negó a cobrar cincuenta euros por una mamada en un coche o cien por un dúo o doscientos por un anal. Y no quiso llegar a tener que mantener relaciones con una docena de hombres al día para conseguir la mitad de lo que antes obtenía con solo acostarse con uno, una vez a la semana.

Su tío, Anselmo, era un hombre adinerado. Era tan rico como avaro. Y como su padre, Matías, estaba pasando por problemas económicos, decidió utilizar ese pretexto para acudir a él. Llamó a su tío por teléfono y concertó una entrevista. No sabía de qué hablarían, pero pensó comentarle lo mal que lo estaba pasando su cuñado y lo bien que le vendría conseguir algo de dinero, al menos hasta que sorteara ese bache económico. No le hablaría de cantidades. Pero como su tío era muy rico, sabía que su generosidad iría en concordancia. Anselmo le respondió que lo mejor es que se vieran en el piso de la calle de la Ginesta. Ella no quería quedar con él a solas, porque en su recuerdo prevalecía el tiempo que estuvo en el piso con ellos y como Calenda trató de propasarse en diversas ocasiones. Pero pese a todo necesitaba hablar con su tío sin la mediación de Aurora.

—Prefiero hablar a solas contigo —insistió Rita.

—Sí, claro. Lo mejor es que quedemos en el trastero, allí podremos hablar sin que nadie nos moleste —aceptó Calenda.

**7.** El baúl de tres cerrojos

Las paredes de los quince metros cuadrados del trastero no pueden verse porque están revestidas de estanterías de madera. El espacio libre que queda entre las estanterías y el techo está cubierto por cuadros con motivos religiosos, la mayoría son imágenes de Santos. Hay un baúl enorme con remaches de cobre y tres cerraduras. A su lado, varias estanterías de madera oscura conteniendo libros antiguos y carpetas con papeles amarillentos.

—Tengo las tres llaves del arcón. —Trinidad las muestra en el mismo manojo—. Son tres llaves distintas, pero sin ellas no se puede abrir. Sin forzarlo —aclara.

—¿Qué contiene? —se interesa Sergio.

Ángela permanece en silencio, como ida.

—Ya os lo he dicho arriba, papeles de los negocios de Calenda. Facturas, recibos y contratos. Habría que quemarlo todo, pero Aurora no quiere desprenderse de ellos porque teme que sean necesarios en algún momento.

Ángela observa un armario de tres puertas que hay en el rincón más alejado de la puerta de entrada.

—Es de estilo Tudor —explica Trinidad cómo si fuese una vendedora de muebles—. En su interior hay ropa y, como os dije arriba, algún libro de Calenda. Lo podéis tirar si queréis, al igual que todos esos cuadros. Todo menos el baúl —lo señala con la barbilla.

—Mire —insiste Sergio—, lo que nosotros compramos es una vivienda completa y no partes de ella. Si adquirimos el piso por el importe que nos solicita y no tenemos acceso a la totalidad del inmueble —Ángela le toca el brazo para que se tranquilice—, resultará que nos encontramos con una adquisición diezmada.

—El baúl no es negociable.

—Será que no hay guardamuebles en Mataró para que lo almacenen hasta que la propietaria fallezca.

Sergio enseguida se da cuenta de lo poco apropiado de su

comentario.

—Aurora no tiene dinero ahorrado y no quiere costear un guardamuebles durante el tiempo que le quede de vida. Este asunto ya está hablado y es una condición irreemplazable.

—En el caso de que aceptáramos la oferta, tendría que rebajar el precio —insiste Sergio.

—No encontraréis una vivienda de estas características en ninguna parte —amenaza Trinidad—. Y tenéis que tener en cuenta que ese baúl no estará ahí para siempre. Luego, cuando Aurora se vaya, podéis hacer con él lo que os venga en gana.

—¿Y Rita? —pregunta Sergio para incomodidad de la vendedora.

—¿Qué pasa con ella?

—Entiendo que al ser hija del hermano de la propietaria, como nos ha dicho antes, podrá reclamar este piso cuando su tía fallezca.

—Ese asunto no os concierne —rechaza Trinidad de muy malos modos—. Y no os preocupéis por ella, porque ella no reclamará nada que haya sido vendido. Lo que Aurora desea es que no toquéis ese baúl mientras ella viva.

Una vez salen a la calle, Trinidad les conmina a dar una respuesta inmediata.

—Esta tarde tengo que enseñar el piso a dos más que están interesados.

—¿Qué te parece? —le pregunta a Ángela.

Ya sabes lo que pienso, Sergio. Quiero este piso.

—¿Supongo que esa cifra no es negociable? —interroga Sergio a la vendedora.

Trinidad chasquea los labios.

—Está bien. Aurora me da permiso para rebajar un máximo de diez mil euros. —Los ojos de Ángela se iluminan—. Pero el baúl se queda.

El matrimonio asiente.

—No encontraremos nada más barato, Sergio. Por cincuenta mil euros tendremos un piso de sesenta metros cuadrados y un trastero de quince, en pleno centro.

La señora Trinidad los observa con un mohín en los labios.

—Nos quedamos el piso —dice Sergio finalmente.

—Perfecto. Se lo comunicaré a Aurora y hablaré con el notario para que prepare el papeleo.

—Hay una cosa que... —comienza a hablar la chica.

Sergio la observa con inquietud.

—¿Qué ocurre? —pregunta la señora Trinidad.

—Supongo que no debemos inmiscuirnos donde no nos llaman, pero ya que vamos a adquirir este piso —señala con la barbilla hacia arriba—, creo que tenemos derecho a saber alguna cosa.

—¿Qué cosa? —se incomoda la vendedora.

—El precio nos parece aceptable —afirma Ángela—. Pero no comprendemos por qué tenemos que convivir con ese baúl.

—Sí, lo del baúl no lo veo claro yo tampoco —corrobora su marido.

—Yo no soy la dueña del piso —justifica Trinidad—. Solo soy una intermediaria entre la dueña y los compradores. Tampoco comprendo por qué ella no quiere que nadie toque el baúl. Pero es su decisión y sus condiciones.

—Dudo de que otros compradores aceptaran semejante trato —asegura Ángela.

—Puedes apostar por ello —le avala Trinidad—. No sois los primeros que se interesan por el piso. Ya lo puso a la venta hace unos meses y siempre que alguien estuvo a punto de comprarlo se echaron para atrás por el dichoso baúl del trastero.

—Ya me parecía a mí raro que este piso fuese tan barato —chasquea la lengua Sergio—. Tenía que haber supuesto que había gato encerrado.

—No hay nada extraño —se defiende la intermediaria—. Soy consciente de que las condiciones de Aurora son extravagantes, pero tenéis que comprender que por cincuenta mil euros os lleváis un piso en pleno centro de Mataró y en una calle peatonal. Es un buen piso, os lo puedo asegurar.

—Lo que me extraña es que no le haya echado el ojo algún inversor, como una inmobiliaria o un banco —Sergio sonríe mirando de reojo a Ángela—. Cuando la dueña no esté podrían arrojar el baúl al contenedor y vender el piso por el triple de su precio.

La señora Trinidad arruga el morro.

—Oh, no me diga que ya lo han hecho —exclama Sergio.

—Sí. Son los primeros que quisieron adquirir el piso. Pero, Aurora, también fue intransigente en eso. Nada de inversores ni buitres —me dijo—. El piso solo se puede vender a una familia, como es vuestro caso. Ni siquiera aceptó a hombres solos o a una empleada de Carrefour que también quiso comprarlo hace unos meses.

Mientras Trinidad se despide de la vecina del primero izquierdo, que por lo visto conoce, ellos se quedan en silencio, contemplando desde el portal la fachada del bloque.

—Me extraña, y mucho, que un piso tan apetecible como este no se haya vendido ya en una ciudad como Mataró. Nosotros —señala a Ángela con la barbilla—, hemos visitado pisos que no le llegan a este ni a la suela del zapato, donde nos pedían ciento ochenta mil euros, sin trastero, sin muebles y en calles tan ruidosas que sería imposible dormir. Sigo pensando que hay gato encerrado.

—A mí no me importa ese baúl —Ángela lo mira con expresión seria—. Estará ahí hasta que muera la vieja —dice como si la conociera—. Y luego lo lanzaremos a la basura. A mí lo que me interesa es el piso. ¿Dónde encontraremos un piso así por solo cincuenta mil euros?

Trinidad sale a la calle y se dirige directamente a Sergio.

—¿Me has dicho que eres policía?

—Sí. Policía Nacional.

—¿Estás destinado en Mataró?

—Aún no. Pero lo estaré pronto.

—¿No sabéis nada? —los mira a los dos a la vez.

El matrimonio encoge los hombros con cierta inquietud.

—¿Saber? ¿Qué tenemos que saber? —pregunta Sergio.

—El señor Calenda falleció en el mes de junio del año 2005 —explica Trinidad—. Murió a causa de un accidente doméstico, cuando estaba arreglando el trastero.

—¿Se refiere a ese trastero? —pregunta Sergio, señalando con la cabeza hacia la puerta de acceso del bloque.

—Sí, ese mismo. Fue Aurora la que dio aviso a la policía cuando al día siguiente, el sábado, su marido no regresó a casa. Lo estuvo llamando repetidas veces a su móvil, pero el teléfono estaba apagado. Así que esperó hasta la mañana siguiente, en la que puso en conocimiento de la comisaría la desaparición. Los agentes lo hallaron en el trastero, debajo de una estantería que se había volcado y con un agujero en la frente. No se investigó mucho, la verdad. Dijeron que había sido un accidente doméstico.

—¿Qué clase de accidente doméstico? —se interesa la chica.

—Pues la clase de accidente doméstico que puede matar a una persona —responde con cierta antipatía—. Eso ocurrió hace diez años, el viernes 10 de junio de 2005, y ahora tenemos que pensar en el presente.

—¿Por qué no nos ha dicho antes lo de esa muerte? —interroga Ángela.

—¿Conoces a alguien que quiera vender un piso alertando antes que allí hubo una muerte?

—Por eso este piso no lo quiere nadie de Mataró —comenta Sergio.

—Los de aquí ya saben lo que ocurrió y por eso no quieren venir a vivir a este piso —concluye Trinidad.

**8.** Anselmo y Aurora

Anselmo Calenda González y Aurora Páez García nacieron los dos en un pueblo de Sevilla, en el año 1927; aunque no se conocieron hasta quince años después. Cuando la guerra civil los dos eran unos niños y sufrieron la barbarie del teniente general Gonzalo Queipo de Llano. Una vez concluida la guerra se pusieron novios y después se casaron, yéndose a vivir a Sevilla, donde Calenda montó una empresa de compra y venta, muy de moda en esos años de penurias donde las familias tenían que vender enseres personales para subsistir. Hay constancia de que su casa de empeños: *Empeños Calenda*, fue de las primeras creadas en toda Andalucía. En unos meses el negocio fue viento en popa y en poco tiempo montó dos tiendas más, una en Córdoba y otra en Granada. Y mientras Anselmo regentó la de Sevilla, las de las otras dos ciudades las gestionaron sus hermanos: Gabriel y Jesús.

Pronto no tardaron en aparecer enemigos. Y muchos. Había pobreza y tristeza y hambre y miseria y odio y envidia y desesperación y muerte. Primero murió Gabriel, en cuya tienda de Córdoba fue excesivamente exigente con los plazos de demora de los pagos de algunos clientes. Dijeron que una familia muy conocida en la ciudad llevaron hasta su tienda unas joyas: dos anillos de oro, un collar de perlas y un nomeolvides de plata con el nombre de la abuela grabado. Gabriel les entregó el diez por ciento del valor tasado de esas joyas. Los familiares aceptaron a regañadientes, pues tenían previsto en no demasiado tiempo recuperarlas. Pero unos negocios turbios que tenían entre manos se demoraron más de lo calculado y cuando regresaron a desempeñar las joyas, Gabriel ya las había vendido a un mejor postor. Hubo gritos. Y palabras malsonantes. Y también hubo amenazas. Y finalmente hubo muerte. El nieto de la abuela asestó una puñalada mortal de necesidad en el pecho de Gabriel, murió fulminado en el acto.

El asesino fue internado en prisión hasta que en el juicio lo condenaron a pena de muerte. Todos sabían que su cuerpo sucumbiría en el garrote vil en cuanto se dictara sentencia. Una investigación de los familiares dijo que las joyas habían sido trasladadas a la tienda de Jesús, la que había en Granada. Nunca se supo si esa información fue cierta o no, pero lo que sí se supo es que la familia se presentó en la casa de empeños de Jesús y preguntó por esas joyas. Y, al igual que su hermano, murió acuchillado.

Anselmo y Aurora hicieron las maletas con destino incierto. En esos años el destino más socorrido era Cataluña, en especial Barcelona. Es de esta forma como el matrimonio migró hasta Mataró, afincándose allí de forma definitiva. Y, con la experiencia desastrosa de las casas de empeño, decidió montar una chatarrería donde invirtió los ahorros.

Desguace Calenda se erigió como una de las chatarrerías más importantes de toda la costa del Maresme. Poco a poco, Anselmo fue adquiriendo más terrenos anexos y ampliando el negocio conforme necesitaba más espacio. Dijeron que le traían coches y camiones y motocicletas y tractores de las cuatro provincias catalanas. Cualquiera que necesitase cualquier pieza de cualquier vehículo, solo tenía que acudir a su desguace para conseguirla.

No tuvieron hijos y Aurora siempre fue una ferviente devota de la Virgen y aceptó lo que Dios le trajo.

—Si Dios no me ha dado hijos es que no los merezco —respondía cuando alguien se lo preguntaba.

**9.** En comisaría

Sergio se presenta en la comisaría de Mataró, donde tiene que formalizar el trámite del traslado. En la puerta hay una cola enorme de personas que llega hasta la calle.

—Buenos días, compañero —se identifica con su placa a un policía que ronda los cincuenta años y hace esfuerzos en contener el enorme barrigón dentro del cinturón—. Tengo que ir a secretaría.

—Segunda planta a la derecha —le indica basculando su enorme cabeza cubierta de abundante cabellera rizada, sin poder disimular que el color negro es teñido—. ¿De dónde vienes?

—De Barcelona.

—Pero tú no eres de allí, no tienes acento.

—Soy de Murcia. Pero mis padres emigraron aquí cuando yo era pequeño, y aquí nos hemos quedado.

—¿Tu mujer es de aquí? —le pregunta a continuación, para extrañeza de Sergio.

—No. ¿Por qué?

—Bueno, pienso que para mudarse de Barcelona a Mataró debe haber un poderoso motivo. En otro caso no se entiende.

—Pues el motivo es el económico. Aquí los pisos son muchísimo más asequibles que en Barcelona, donde se han puesto por las nubes.

—Ves, ahí debo darte la razón. Ah, mira, este compañero te acercará hasta el despacho de secretaría —dice señalando con la barbilla a un hombre de unos cuarenta años y con la cabeza afeitada que asoma por una puerta lateral, como si se estuviera escondiendo.

Sergio se fija en una enorme mancha de rosácea que tiene en la aleta derecha de su nariz. Es tan extensa que incluso en el centro se ha formado una pústula.

—Hola —saluda—. ¿Eres nuevo?

—Aquí, sí —responde Sergio—. En el cuerpo, no.

—Soy Andrés Gómez —le estrecha la mano—. ¿Vas a secretaría? —Sergio asiente con la barbilla—. Pues te acompaño.

Mientras suben por una escalera hasta la primera planta, Andrés le cuenta que aunque está destinado en Mataró, vive en Calella.

—Prefiero no residir donde trabajo —afirma—. Así, si tengo algún percance con un detenido, ya me entiendes, no tengo que estar viéndole la jeta por las inmediaciones de mi casa. Aunque veas mi cabeza rapada, todavía tengo pelo; aunque poco. Pero los calvos nos parecemos y a los 'choros' les es más difícil diferenciarnos. ¿Cuándo comienzas?

—Aún tengo pendiente el mes de traslado. Así que supongo que no empezaré a trabajar hasta agosto.

—¿Te mudas aquí?

—Sí, nos mudamos.

—Entiendo que tienes novia.

—Entiendes mal —contraviene—. Estoy casado. Y se me debe notar, porque el compañero de la puerta me ha preguntado directamente por mi mujer.

—Antoñito cree que todo el mundo está casado —sonríe—. Si necesitáis un piso de alquiler, yo os puedo conseguir uno por poco dinero.

—Te lo agradezco —le dice cuando ya han llegado hasta la puerta de secretaría—, pero hemos comprado uno aquí.

—Oh, que bueno. ¿Por qué zona, si puede saberse?

—En la calle de la Ginesta.

—No es mala zona —emite un ruido con los labios—. Vamos, que podía ser peor. A mi compañero lo asesinaron en la calle Rosselló, un poco más abajo. Le dispararon a bocajarro tres tiros con un revólver, en la misma puerta de su bloque.

—Vaya, lo siento. ¿Pillasteis al asesino?

—No. Y eso que se investigó mucho, pero al final no supimos quién fue ni por qué lo hizo. Alfonso era un buen tipo, sin enemigos aparentes; aunque en nuestro oficio nos crecen los opositores como setas.

—Pues sí —acepta Sergio.

—Suerte por aquí. Disfruta de tu mes de mudanza y si necesitas algo, no sé, como un sitio donde comprar electrodomésticos o algo para tu casa, y quieres buen precio, no dudes en decírmelo. Con el despliegue de los mossos hemos perdido peso por estos lares, pero la policía nacional sigue siendo la policía nacional —redunda—, y tenemos que mantener nuestro estatus.

Sergio entiende que alude a esos tiempos en que los policías imponían su ley en beneficio propio. Recuerda como en Barcelona todavía hay algún veterano que se refiere al uniforme como el traje de pedir. O a la placa la llama la Visa Oro, porque sirve para colarse en los cines y viajar gratis o conseguir descuentos en discotecas.

—Por cierto —le dice Andrés antes de perderse por el hueco de las escaleras—. Me has dicho que habéis comprado un piso en la calle de la Ginesta. Esa calle es muy pequeña. ¿Qué bloque es?

—El número 3.

—¿El bloque de Calenda?

—Sí —columpia su cabeza lentamente, asumiendo que ese policía también conoce lo que ocurrió allí.

—¿Sabes que en el sótano es donde...?

—Sí, lo sé —lo corta antes de que termine la frase—. Allí es donde murió Calenda.

## 10. Aurora

Aurora siempre fue muy creyente. De niña, cuando apenas contaba diez años, ya era una asidua de la iglesia, no faltando ningún domingo a misa. Entre sus rezos diarios nunca se saltaba la oración al levantarse, el Ángelus al mediodía, luego el Rosario y las tres Avemarías antes de irse a dormir.

Con la adolescencia y con los primeros chicos con los que salió, tenía claro que no iba a mantener relaciones prematrimoniales, prohibidas por la iglesia. De sus cuatro hermanos, solo el segundo: Matías, era el único que la comprendió, ya que los demás: Petra, Antonio y Jesús, se reían de ella. También fueron constantes las burlas de sus compañeros de colegio y de los demás chicos del barrio. Con dieciocho años ya vestía como una beata y sus padres asumieron que la niña acabaría siendo monja.

—Esta cría —le dijo su madre a su padre— lleva camino de ser como tu hermana.

La tía Juana era la hermana de Marcial, el padre de Aurora, y desde que falleciera su hermano, Pedro, cuando contaba cuarenta años y ella treinta y seis, que adoptó el luto de por vida. Juana siempre vistió de negro y con un velo trasparente cubriéndole su prematuro cabello cano. Como era soltera vivió con ellos, por lo que Juana siempre estuvo presente en la infancia de Aurora y su madre la culpó a ella de contaminar con su exacerbada religiosidad a su hija. Juana se llevaba a su sobrina constantemente a misa. Le enseñó a rezar, a poner velas a los santos, a vestirse como una mujer recatada y le contó historias de personajes que hicieron grandes cosas por la religión católica. Le habló de las reliquias y de la importancia que tenían para la iglesia católica en general y con Jesucristo en particular. Las dos se sentaban en la mesa de la cocina y Juana le explicaba historias relacionadas con el sudario de Turín, la lanza sagrada, el Santo Grial, la corona de espinas o los clavos de la cruz de Cristo. Le aseguró que cuanto más cerca estuviera de esos objetos, más cerca, también, estaría de la vida eterna.

Porque, así se lo dijo, esta vida no es importante, ya que lo importante es lo que hay después de la muerte.

—Juana —recriminaba la madre de Aurora—, no le cuente esas cosas a la niña que luego tiene pesadillas.

Pero Juana no hacía caso y siguió adoctrinando a la pequeña Aurora en el convencimiento de que la única salvación posible era bajo la tutela de Dios.

—Mira lo que tengo —le dijo una tarde de sábado cuando las dos se quedaron solas en la enorme cocina de la casa.

Juana colocó encima del hule de la mesa un paño doblado y lo abrió lentamente ante los expectantes ojos de Aurora.

—¿Qué es, tía? —le preguntó.

—Espera y lo verás con tus propios ojos.

Cuando deslió el paño, Aurora pudo admirar un clavo oxidado cuya punta estaba partida.

—¿Qué es? —insistió la niña.

—Es uno de los clavos con los que crucificaron a nuestro señor, Jesucristo —expelió Juana, satisfecha—. Cuando Jesús murió en la cruz, los cuatro clavos que utilizaron los romanos se perdieron. No fue hasta el siglo cuarto cuando aparecieron durante el reinado del emperador Constantino. Uno de los clavos se utilizó para forjar la coraza de Constantino. Otro fue a parar a la corona de Carlomagno. El tercero se incrustó en la corona de Napoleón. Y el cuarto, aquí lo tienes.

Aurora contrajo el rictus, pues se llevó una decepción al contemplar ese clavo que más bien parecía alguno de los que utilizaba su padre para colgar algún cuadro.

—¿Y este es uno de los clavos con los que colgaron a Jesucristo?

—Sí, Aurora. Lo que ocurre es que está envejecido por el paso de los años. Pero te puedo asegurar que es auténtico.

Juana hizo enmarcar el clavo en el interior de un cuadro con fondo de cartón blanco y la niña lo colgó en su habitación, al lado del crucifijo que había en el cabecero de su cama. Su religiosidad aumentó y comenzó a asociar hechos venturosos con la presencia de esa reliquia sagrada. Durante las semanas siguientes tanto si aprobaba un examen en el colegio, como si tenía suerte en lo que fuese, siempre lo achacó a la presencia de ese clavo. Su madre, contraria a las supercherías, trató de quitarle de la cabeza que la presencia de ese clavo tuviera que ver con la fortuna o la desgracia.

—Aurora —le dijo—, nuestro Señor te ayuda aunque no veneres ningún objeto sagrado. Rezar es suficiente para que él te escuche.

Una noche, cuando el padre y la madre de Aurora se quedaron solos en el salón, mientras que Juana y la niña estaban en la cocina, la madre le manifestó su preocupación.

—Creo seriamente que la influencia de tu hermana está abobando a nuestra hija. No protesto porque rece continuamente y porque esté obsesionada con ir a misa los domingos —la madre recordó que ese invierno fue a misa pese a haberse contagiado de la gripe y tener cuarenta grados de fiebre—, pero lo de venerar un clavo oxidado que seguramente lo sacó tu hermana de alguna mina abandonada, me parece una memez. Deberíamos ponernos de acuerdo y quitarle esas tonterías de la cabeza.

El padre se encendió un cigarro y exhaló una enorme bocanada de humo que se confundió con la humareda de la estufa de leña.

—Déjala, solo es una niña y necesita ilusiones. Déjala que cuando sea mayor ya se le quitarán las tonterías esas que tiene.

—Pero deberías decirle algo a tu hermana para que no la atosigue con sus religiosidades.

—Juana no lo hace con malicia, ella es buena. Déjalas a las dos con sus cosas y ya verás como con el tiempo se olvida de esas manías. La gente que sufre necesita de esos apoyos morales para seguir avanzando. Además, ahora no le podemos quitar ese clavo que cree es de la cruz de Cristo, porque si lo hiciéramos y después ocurriera alguna desgracia, entonces Aurora creería que esa fatalidad le ocurrió por haberse desprendido del clavo.

—Ahí es a dónde yo quería llegar —se enervó su esposa

—. La superstición no contempla la marcha atrás porque una vez que su suerte o desgracia se encomienda a un objeto, entonces cualquier cosa que ocurra también es responsabilidad de ese objeto.

—¿Y qué podemos hacer?

—Hagamos la prueba por el bien de Aurora —ofreció su esposa—. Esta noche, mientras duerme, le descolgaré de la pared ese cuadro y lo arrojaré a la basura.

—Mañana cuando despierte montará en cólera.

—Lo sé. Pero cuando pase una semana y vea que no ha ocurrido nada malo, entonces comprenderá que su suerte no va ligada a ese clavo.

Esa noche, Josefa, mientras Aurora dormía, retiró el cuadro del clavo de la pared. Tres días después moría su esposo. Aurora siempre creyó que su padre murió por culpa de haberse deshecho del clavo de Cristo.

## 11. La notaría

Desde la notaría les dan hora dos semanas después de apalabrar la compra del piso. El banco no les pone ningún inconveniente para concederles el dinero de la hipoteca, ya que el importe solicitado, cuarenta mil euros, es bastante inferior al valor de tasación, cien mil euros. El banco tiene interés en cerrar el contrato cuanto antes, porque se está echando el verano encima y comienza el período vacacional.

Aurora concede poderes a Trinidad para que actúe como su representante.

—Creo que la tal Aurora no existe —le dice Sergio a su esposa.

—Qué cosas tienes. Claro que existe, lo que ocurre es que es una mujer mayor y solitaria y la gente anciana y sola se comporta de una forma distinta a cómo lo haríamos nosotros. Esa señora no tiene ninguna necesidad de presentarse para la venta del piso, por eso le otorga poderes a Trinidad.

—¿Y su sobrina, Rita?

—Menuda perra te ha cogido con la sobrina, ni que la conocieras. Ya es la segunda vez que te escucho preguntar por ella.

—Fue Trinidad quien nos habló de ella cuando nos enseñó el piso. Y mi preocupación es como policía, porque no quiero que en ese baúl haya algo ilegal que pueda comprometernos.

—Eso tiene fácil solución una vez fallezca la vieja. Cogemos el baúl y lo enviamos a tomar por culo.

—¿Y su hermano, el padre de Rita?

—Ya escuchaste a Trinidad cuando dijo que había muerto.

—¿Lo dijo? No debí prestar atención, porque no recuerdo haberlo escuchado.

Zacarías Asensio es un notario enclenque y escuchimizado. Exageradamente blanco de piel, les parece un vampiro la primera y única vez que lo ven, el día de la firma de las escrituras. Su voz resuena en el pequeño despacho de la notaría como si fuese de ultratumba y sus dedos amarillos lo delatan como un vicioso del tabaco. Habla con voz suave y firme, lo que transmite la sensación de que están en buenas manos. Mientras realiza el trámite, los mira por encima de la montura de unas arcaicas gafas gruesas de pasta marrón. Lee sin apenas respirar las cláusulas de las escrituras del piso ante la mirada impasible de Trinidad y la ausencia mental del representante del banco, más inquieto por concluir la operación financiera que por los entresijos del contrato. Todos firman en prueba de conformidad y la intermediaria les hace entrega de las llaves de la vivienda y la del trastero.

—¿Solo tres llaves? —objeta Sergio.

—La de la puerta del piso, la de la entrada del vestíbulo del bloque y la del trastero —responde Trinidad—. Una por cada una de las puertas.

—¿Y las del baúl?

—Cuando ya no esté doña Aurora os daré las llaves del baúl. Nunca antes.

—¿Puedes salir un momento? —le pide a su esposa.

Los dos salen fuera del despacho ante la atenta mirada del notario, Trinidad y el representante del banco.

—¿Quién nos entregará las llaves? —le pregunta a Ángela cuando están en el pasillo de la notaría.

—¿Te refieres a cuando haya muerto Aurora?

—Sí, me refiero a cuando haya muerto Aurora, en el caso de que lo haga después de que muera Trinidad, que también tiene sus años.

—Pues en ese caso lo único que tenemos que hacer es abrir el baúl a la fuerza, que para eso está en nuestro trastero.

—Todavía me hago cruces de cómo hemos podido aceptar esa parte del trato. ¿Y si dentro del baúl hay un cadáver?

—No digas tonterías —lo apacigua su esposa—. Estoy segura de que tus compañeros lo inspeccionaron todo cuando murió Calenda. Y entre su labor estuvo la de verificar el interior de ese baúl. ¿O crees que no es lo primero que hicieron? Ese hombre falleció hace diez años y ya nos han dicho que fue por un accidente. Era un viejo torpe que no se tenía en pie y seguramente andaría haciendo cosas de carcamal en el trastero —dice con desprecio—. Pero a nosotros lo único que nos interesa es el piso y lo barato que nos ha costado. Lo que hiciese o fuese ese tío nos tiene que traer sin cuidado. Anda, vamos adentro antes de que piensen que no queremos el piso. Y yo quiero este piso más que a nada en el mundo —afirma ante la mirada confusa de su esposo.

## 12. Ángela

A finales de 2009, Sergio y Ángela cumplieron veintidós años y su noviazgo se consolidó. Acababan de alquilar la que sería su primera vivienda donde los dos se fueron a vivir juntos, en la calle Menorca de Barcelona. Al principio pagaban el alquiler con el sueldo de Sergio, que por aquel entonces trabajaba en una empresa de paquetería, mientras Ángela continuó los estudios de gemología en la universidad de Barcelona. Ángela no tiene padres, porque los dos habían fallecido años antes de comenzar a salir con Sergio. Pero los padres de él viven en Esplugas de Llobregat y hacen todo lo posible para ayudar a la pareja. Cuando alquilan el piso les dejan dinero para los primeros gastos, como son la adquisición de un televisor o una lavadora, ya que la que tiene el piso está en muy mal estado.

En enero del año siguiente, 2010, Ángela se tuvo que someter a varias intervenciones quirúrgicas para corregir una serie de malformaciones que tenía en la nariz y en la barbilla, desde un aparatoso accidente de tráfico que tuvo antes de conocer a Sergio. No se pudo operar antes porque no consiguió reunir el dinero. Pero gracias a las horas extras de su novio, y del dinero que le dejaron sus suegros, consiguió costear las operaciones. La primera de las intervenciones fue en el mentón. Después del accidente se lo reconstruyeron, pero un exceso de limado lo dejó en un tamaño muy reducido, quedando el contorno de la boca y el plano facial desdibujados, lo que hizo que su cuello pareciese más corto. La mentoplastia buscó corregir el tamaño de su barbilla, colocando una prótesis sintética en el mentón, para lo que el cirujano tuvo antes que modificar la estructura ósea.

Una vez arreglado el mentón, la segunda operación consistió en una rinoplastia. Los médicos le realizaron dos operaciones distintas, ya que la malformación en la nariz era muy profunda. En la primera intervención le aumentaron el tamaño, después del accidente le quedó una nariz muy pequeña y ofrecía un aspecto extraño. Con la nariz en su dimensión correcta, la segunda operación buscó corregir la desviación y la zona del puente. Ángela se veía más guapa y eso repercutió en su carácter, volviéndose más afable, algo que Sergio agradeció.

—Estás muy guapa —le dijo.

—Antes del accidente lo era más.

La última operación fue la peor de todas. Una fractura del fémur mal curada hizo que su muslo se inflamara, lo que le impedía caminar bien. La intervención fue complicada, ya que tenían que insertar una placa de metal con tornillos y una varilla en medio del hueso. El postoperatorio fue muy doloroso y Ángela tuvo que permanecer en cama durante tres semanas. Durante ese tiempo, Sergio cuidó de ella.

—No sé cómo podré pagarte todo lo que haces por mí. Eres lo mejor que me ha pasado.

—No te preocupes, Ángela. Lo importante es que te pongas bien y te recuperes lo antes posible.

—A ver si termino la carrera y encuentro trabajo pronto. No quiero ser una carga para ti.

—No lo eres. Y no te preocupes por tu carrera, ya que en cuanto apruebe la oposición de la policía nacional tendré un sueldo fijo de por vida.

—De eso te quería hablar, precisamente. Tengo entendido que cada vez es más complicado venir a Cataluña de policía, por el despliegue de la policía autonómica.

—Sí, ya lo sé. Pero me han dicho que aunque se reduzca la plantilla, todavía harán falta policías nacionales, puesto que hay ciertas competencias que jamás podrán coger los mossos. Como es la de extranjería —añadió.

—¿Y no has pensado qué ocurrirá si no podemos regresar a Barcelona?

—No te entiendo.

—Si tienes que pedir destino en otra parte, como Madrid o Valencia, por ejemplo. No me gustaría tener que irme de aquí.

—Eso no te debe preocupar —insistió Sergio—. Porque

en el supuesto de que tuviera que irme fuera, me iría yo solo y cuando pudiera pedir para Barcelona, regresaría.

—Tendremos que estar separados —respiró con tono melancólico.

—No más de dos años. Cada dos años se puede pedir de nuevo, y yo haría lo posible por regresar a Barcelona. ¿A qué viene tanta preocupación?

—Es que cuando termine la carrera me gustaría ir a vivir a Mataró.

—¿Mataró? ¿Por qué?

—Me encanta esa ciudad. Hay más posibilidad de trabajar y la vivienda es más barata —continuó explicando cuando percibió el rostro contrariado de Sergio—. En Mataró podríamos iniciar una nueva vida.

Sergio la escuchó en silencio. Porque cada vez que Ángela hablaba de iniciar una nueva vida, tenía el presentimiento de que ella no era feliz.

**13.** Tres llaves

—Este tema hay que tratarlo y zanjarlo cuanto antes —advierte Sergio en voz alta—. Sí, no me mires así —le reprocha a su esposa—. Tenemos que tener esas llaves. Y ella —habla mirando a Trinidad—, tiene que confiar en que no abriremos el baúl hasta que falte doña Aurora, tal y como convinimos de palabra.

El notario, que en ese instante recoge los papeles de la mesa, se interesa al escuchar la conversación que mantiene el joven matrimonio.

—¿Está todo correcto? —pregunta con voz cavernosa.

—Sí —responde Ángela.

—No —contesta Sergio.

—¿Y qué falta?

—Falta que hay un objeto en el trastero del que no tenemos las llaves, pese a haberlo adquirido junto con el resto del piso.

—Así lo pactamos —interrumpe doña Trinidad.

—Sí, pero ese pacto no incluye que no dispongamos de las tres llaves del baúl.

—¿Me pueden explicar mejor de qué se trata y así mediaré en el litigio? —se ofrece el notario, viendo que el malestar va en aumento.

—Por supuesto —masculla doña Trinidad—. Resulta que Aurora deja un baúl de su esposo en el trastero. Ese baúl está cerrado con llave y quedé con el matrimonio Alonso —los señala con la cabeza—, que no podrían disponer de esa llave hasta que faltase la propietaria. Estuvieron de acuerdo, pese a lo estrambótico de la petición.

—Entiendo —cabecea el notario—. Sí que es una petición inusual, pero me lo podían haber dicho antes y se podía haber incluido una cláusula en las escrituras haciendo referencia a ese trato verbal que mantuvieron ustedes. Aún no es tarde, si están de acuerdo se pueden rectificar los documentos y firmarlos de nuevo.

—Por mí no hay problema —asegura doña Trinidad.
—¿No lo consulta con la propietaria? —pregunta Sergio con ironía.
—No es necesario —responde con un mohín en sus labios.
—Ya lo convenimos de palabra —anota Ángela—. Y estamos seguros de que tanto Trinidad como Aurora son personas de fiar.
—¿Qué os parece si las llaves del baúl las dejo depositadas en esta notaría y cuando falte Aurora ya os hará entrega de ellas el notario? —ofrece Trinidad.

La anciana saca del interior de su bolso tres llaves oxidadas y las muestra como si se trataran de joyas. El representante del banco, viendo que el tema no va con él y ajeno a la discusión, se marcha dejando la puerta abierta. El notario mira las llaves por encima de la montura de sus gafas y dice:

—No es necesario modificar las escrituras, basta con crear un documento aparte donde se incluya un anexo que explique que esas llaves serán entregadas por doña Trinidad a los propietarios, cuando la señora Aurora ya no esté entre nosotros.

El notario hace entrar al despacho a su secretaria y le da instrucciones de lo que tiene que redactar. A la vendedora y a los compradores los emplaza a sentarse en una cómoda sala de espera, donde les hace traer café y revistas. Después se ausenta del despacho taconeando sobre sus zapatos caros. El ruido de sus pasos continúa llegando segundos después de que se hubiera marchado.

—Es curioso que la calle de la Ginesta sea peatonal —menciona Sergio dirigiéndose a Trinidad.
—¿Curioso? ¿Por qué es curioso?
—Por lo general, las calles peatonales están en zonas comerciales. Por eso son peatonales, para que los clientes de las tiendas puedan acceder caminando y entren en la mayor cantidad de tiendas posibles.

Mientras Sergio habla, Ángela lo observa risueña. Para ella

es como si su marido estuviera recitando de memoria los apuntes de las pruebas de acceso a la policía nacional.

—Hace muchos años que la calle de la Ginesta es peatonal —sostiene Trinidad como si se estuviera defendiendo de algún tipo de acusación.

—¿Desde cuándo? —interroga Sergio.

—Creo que desde finales de los años noventa —habla de memoria—. Calenda mostró un especial interés en que su calle fuese peatonal. No soportaba el ruido y no quería vivir en un lugar donde constantemente estuvieran circulando coches y motocicletas.

—¿Y el ayuntamiento de Mataró se ofreció a peatonalizar una calle solo para agradar a un vecino?

—No era un vecino cualquiera.

—Sí —insiste Sergio—. Pero esa peatonalización la pagó la ciudad de Mataró.

—¿Y quién te dice que fue el contribuyente el que costeó los gastos del adoquinado de la calle de la Ginesta?

—¿No fue así?

—No. —Trinidad balancea la cabeza de forma negativa—. Las obras las pagó Calenda de su bolsillo. Pregunta a los vecinos —lo reta—. A ver si encuentras alguno que no estuviera de acuerdo en su día con que su calle fuese peatonal. Tienes que pensar que todos los bloques de esa calle se construyeron sobre el desguace que él cedió al ayuntamiento por un valor muy inferior al del mercado.

—No. No —rechaza Ángela—. No queremos problemas con los vecinos.

La secretaria regresa con el anexo modificado de las escrituras.

—Aquí tiene, don Zacarías —le dice con voz meliflua—. Espero que esté bien.

El notario lee en vertical el añadido y comprueba que todo está correcto.

—Está bien —asiente sin mirar a la chica—. Diles que ya

pueden pasar a mi despacho a firmar.

Una vez reunidos de nuevo, el notario lee en voz alta el escrito, de apenas un folio, donde explica los detalles de la entrega de llaves del baúl del sótano. Todos firman en prueba de conformidad. La secretaria reparte las copias entre los intervinientes y las llaves quedan en posesión de la notaría, guardándolas en la caja fuerte hasta el fallecimiento de doña Aurora.

—Son tres llaves —dice el notario mientras las muestra.

Todos asienten balanceando la barbilla, en silencio, y mirando el suelo, a excepción de doña Trinidad, que observa un calendario que hay colgado en una de las paredes.

## 14. Cincuenta años antes

Cuando Anselmo y Aurora llegaron a Mataró, ambos contaban treinta años de edad. El primer piso donde se fueron a vivir era de alquiler y estaba situado en la periferia de la ciudad, en la parte alta. El matrimonio tenía bastantes ahorros que se trajeron desde Sevilla, cuando vendieron la casa de empeños, pero no querían afincarse definitivamente en la capital del Maresme hasta que no estuvieran seguros de que allí estarían bien. Anselmo era un comerciante avispado que no tenía ninguna predilección especial por ningún tipo de negocio, lo único que le interesaba era que fuese rentable. Si daba dinero, entonces es que era bueno.

Los primeros días se dedicaron a ubicarse. Aurora localizó las iglesias más próximas para no faltar a misa ningún domingo, mientras que Anselmo se dedicó a indagar qué negocios podían ser interesantes. Durante unas semanas se estuvo informando sobre el sector textil, ya que habían comenzado a proliferar varias fábricas especializadas. Buscó locales baratos e indagó en las posibilidades que ofrecía ese negocio. Pero rápidamente se percató de que era un segmento muy cerrado y, siendo él de fuera, le sería difícil implantarse. Además la inversión que tenía que hacer era muy elevada a corto plazo para el rendimiento que extraería, que ya entonces vislumbró sería a largo plazo.

Pero Calenda era un hombre impaciente, sobre todo en los negocios, y no quería que el tiempo pasase en Mataró sin percibir que su empresa, fuese la que fuese, no proliferara. Se enteró de que la factoría de Seat de la Zona Franca de Barcelona había comenzado a producir el 600, un pequeño utilitario heredero del Fiat 600, el cual alcanzó gran popularidad en Italia. Enseguida inició gestiones para establecer en Mataró un concesionario de vehículos de esa marca. Pero chocó frontalmente con la burocracia, ya que los permisos necesarios se concedían con cuentagotas.

Desalentado, fijó sus objetivos en otros negocios, como los estancos. Creía que un estanco era un comercio seguro porque siempre habría fumadores y pasarían muchos años hasta que se redactaran leyes que limitaran fumar. Solo había que pasear por cualquier calle, a cualquier hora, para ver como la totalidad de los hombres portaban un cigarrillo en sus dedos o pendiendo de los labios. Pero para obtener una licencia para una expendeduría había que tener algún familiar en el gobierno o muy buenos contactos, de los que Calenda carecía.

Descartada la venta de automóviles y la solicitud de una licencia para un estanco, puso el foco en la construcción. En esos años, finales de los cincuenta, estaban llegando a Cataluña, al igual que hicieron ellos, muchos inmigrantes provenientes del sur de España, la zona más pobre del Estado. La construcción sufría un auge inédito y se construyeron grandes bloques de pisos para albergar a la ingente cantidad de trabajadores que llegaban acompañados de sus familias. Además coincidió con el milagro económico y la baja tasa de paro, lo que hizo que estos trabajadores comenzaran a ahorrar e invertir en productos de lujo, como los automóviles, vedados durante los años de la carestía. En sus primeros contactos para introducirse en la construcción, Calenda se desanimó al igual que hiciera con el sector textil o el automovilístico, ya que comprendió que eran campos acotados. Entonces tuvo una idea que consideró genial a largo plazo. Sabía que la gente tenía dinero porque estaban en época de vacas gordas. Pero cuando llegaran las vacas flacas, todas esas familias que compraron un coche nuevo no tendrían dinero para cambiarlo y no les quedaría más remedio que arreglarlo.

«¿Y dónde se pueden encontrar recambios económicos para un coche?», se preguntó.

Era el año 1959 cuando Anselmo creó la empresa 'Desguace Calenda', ubicada en unos terrenos que adquirió en la calle de la Ginesta. Lo primero que hizo fue pedir permiso al ayuntamiento y el primer escollo con el que se encontró es que esos terrenos no eran urbanizables. Pero Calenda se trajo mucho dinero desde Sevilla. Y con dinero, y más si era en mano, todo era posible. Después de untar convenientemente a algún concejal, finalmente obtuvo el permiso para construir su empresa.

## 15. La mudanza

A la salida de la notaría, Sergio entrevé en la acera de enfrente a una mujer alta y delgada, de facciones hermosas y ojos grandes. Se queda aterido, pues desconoce por qué la visión de esa chica le conmueve. Ella exuda cierto ímpetu adolescente que le atrae poderosamente. Ángela camina a su lado, apacible, ni siquiera se percata de la presencia de esa mujer. Sergio la contempla desde la clandestinidad, mirándola con el rabillo de su ojo para que ella no se sienta observada. Va maquillada con mimo. Tiene los labios pintados de carmín y porta zapatos de tacón alto que producen un sonido característico mientras camina sobre la acera. Sabe que la observan. Se detiene un instante y levanta los ojos, la luz de la calle cae de lleno sobre su rostro. Muestra una expresión tranquila. Sergio traga saliva, le parece estar engullendo un ascua de carbón ardiendo.

—Mira —le dice a Ángela, cuando esa chica continúa la marcha calle abajo—. Por ahí va la sobrina de Aurora.

—¿De quién hablas? —se molesta.

—De esa chica que camina por allí —la señala con su mano.

Ángela mira hacia donde le indica Sergio y reacciona enseguida:

—Esa chica no es Rita.

—¿Cómo lo sabes?

—Lo sé. Esa chica no es la sobrina de Aurora.

Sergio la observa. Escucha el taconeo de los zapatos mientras su espalda desnuda se confunde con la última esquina y tuerce hacia la plaza Santa Anna. Ellos siguen caminando por la misma acera, siguiendo el rastro del perfume que anega toda la calle.

—¿Vamos al piso? Ya tenemos las llaves —el rostro de Ángela muestra alegría.

—Claro, vamos a verlo ahora que ya es nuestro.

Y en ese instante, Sergio se olvida de esa chica.

Las semanas siguientes las dedican a la mudanza desde el piso de alquiler de Barcelona. Tienen que pintar, decorar, amueblar y dar de alta los diferentes suministros como luz, agua, gas y teléfono. Le urge, especialmente a Ángela, la instalación de la fibra óptica para poder conectarse a internet y tener todos los canales de la televisión por cable, sobre todo las series. El padre de Sergio, un jubilado de sesenta y ocho años que todavía conserva todo el cabello y es de los pocos hombres fornidos de esa edad que no tienen barriga, le ayuda a cargar en la furgoneta de alquiler las pocas pertenencias del piso de Barcelona.

—¿Estáis bien? —se interesa.

—Sí, papá.

—¿Y Ángela?

—Ella es la que mejor está. Parece como si toda la vida hubiera deseado ir a vivir a ese piso.

Todas las habitaciones, sin excepción, las pintan de color melocotón oscuro. Pulen el suelo con una pulidora que Sergio alquila en la ferretería de la calle Mayor. El chico pinta la barandilla del balcón y cuelgan algunos cuadros de corte moderno que adquieren en los grandes almacenes de la calle del Parque, reemplazando los antiguos de santos y vírgenes que arrojan al contenedor de la basura.

En los primeros intentos de cambiar las bombillas por unas de mayor amperaje, comprueban que el automático salta cuando encienden varias a la vez. Lo prueban en distintas ocasiones y varias veces ocurre lo mismo. Al final no les queda más remedio que hacer venir a un electricista que, tras una comprobación rutinaria, les dice que tienen que ampliar el voltaje de la instalación para que soporte la colocación de bombillas de más potencia.

—Funcionará —le asegura a Sergio después de comprobar los empalmes de la cocina—. Pero también tendrás que pagar más en la factura.

—Más gastos —musita el chico—. Adquirir un piso es la

ruina.

El electricista es un tipo amable, de unos cuarenta años y con una sombra de barba que le hace ofrecer un aspecto cómico.

—Así que al final sois vosotros los que habéis comprado el piso del viejo Calenda —asevera divertido.

—¿Lo conocías?

—Oh, sí. Ya lo creo que lo conocía. Al viejo le hice varios apaños en su empresa, ya trabajé para él cuando tenía el desguace. El mismo sobre el que se ha edificado este bloque. —Taconea sobre el suelo mientras habla—. ¿No eres de aquí, verdad?

—No. Mi esposa y yo venimos de Barcelona.

—Entiendo. Por eso no conocéis a Calenda.

En apenas veinte minutos el electricista aumenta la potencia contratada y le asegura que ya podrá incluso instalar un aparato de aire acondicionado sin que salten los fusibles. Sergio aprovecha ese tiempo para llamar a Ángela por teléfono y comentarle lo que el electricista está haciendo.

—¿Podrá aumentar, también, la potencia en el trastero? —le pregunta Sergio.

—Creo que no. Ese trastero, si es el cuarto que me supongo, se construyó como habitación para albergar las calderas, en los tiempos que la calefacción funcionaba con queroseno. Ahora ya no están, pero es imposible aumentar la potencia eléctrica a no ser que se haga un empalme desde aquí, desde el piso. Pero eso —dice quitándose la gorra de visera para secarse el sudor con la mano—, sería una obra faraónica.

Sergio se pregunta cómo es que cuándo se construyó el bloque había instaladas calderas en el sótano y ahora su piso no tiene calefacción. Y seguidamente le hace la pregunta al electricista, por si él sabe la respuesta.

—Calenda era un tío muy peculiar —responde—. Creo recordar que este piso tiene la instalación preparada para insertar radiadores, pero por algún motivo no quiso instalarlos. No me preguntes más, porque no sé más. Pero viniendo de Calenda, cualquier cosa es posible. Iba de *millonetis* por la vida, y en realidad era un miserable que no tenía donde caerse muerto. Un colega me dijo que el poco dinero que tenía, y el que le quedó de la venta del desguace, lo invertía en coleccionar antigüedades.

—Sí, ya me he dado cuenta —comenta Sergio señalando la cuna que hay en la habitación pequeña.

—¿Necesitáis más luz en el trastero?

—No. No —rechaza Sergio—. Solo quería saber si era posible. Allí solo tenemos una sencilla bombilla que apenas alumbra los quince metros de la habitación, pero de momento es suficiente.

—Si quieres un consejo, mejor no lo hagas.

—¿El qué?

—Ampliar la potencia de luz del trastero. Aparte de que pagarás bastante más, allí no hay nada que ver o hacer. A no ser que seas como Calenda —sonríe.

—¿Por qué?

—Bah, no me hagas caso. Pero dicen que el viejo se pasaba el día metido en ese trastero.

**16.** Ocho años antes

La vida de Sergio Alonso Soriano y Ángela Ortega Varela, cambió en el mismo momento que se conocieron. Fue en el año 2007, cuando los dos residían en Barcelona; aunque nunca se habían visto antes. Sergio estaba preparando las oposiciones para la Policía Nacional y Ángela había iniciado los estudios de gemología en la universidad de Barcelona. A Ángela le gustó de Sergio la pasión que ponía en todo lo que hacía. O en todo lo que se proponía. Sus ojos centelleantes de mirada felina. Su determinación y valor. Cuando se conocieron, ella escapaba de una turbia relación amorosa, según le contó, con un chico con el que festejó en la universidad. En esos días no estaba por la labor de volver a enamorarse, pero al conocer a Sergio cambió su parecer. Enseguida los dos supieron que su destino, era acabar juntos, y juntos acabaron.

A Sergio también le gustaba todo de Ángela, incluso cuando sorbía la sopa como si estuviera dando un beso de tornillo a un desconocido. Su esposa era risueña. Y atractiva, pese a unas complicaciones estéticas de un accidente de moto que tuvo antes de conocerla y que le desfiguraron la nariz y el mentón. Tenía los ojos grandes y una melena color miel que acababa a un palmo de sus hombros. En sus mofletes se esparcían unas pecas dispersas que la revestían de un encanto especial, y morboso. Y unas cuantas más espolvoreadas por las aletas de su nariz. Ostentaba, sin excesiva pedantería, un cuerpo trabajado en el gimnasio y, pese a su musculatura, se movía de forma relajada. Pero lo que más le fascinó de ella era su voz ligeramente afónica y esa pequeña cicatriz que bordeaba la barbilla, de la que nunca quería hablar.

Sergio nunca tuvo una pareja anterior, así que era virgen cuando conoció a Ángela. No ocurría lo mismo con la chica, que sí tuvo varias parejas antes de conocerlo a él. Los dos quisieron irse a vivir juntos, pero no disponían del dispendio económico necesario, por lo que tuvieron que residir en un piso de alquiler en

Barcelona hasta que ahorraron lo suficiente como para meterse en una hipoteca.

En 2015, ocho años después de comenzar su relación, tomaron la determinación de casarse. Celebraron una boda austera, con pocos invitados; la familia directa de él, ya que ella no tenía familia, y algún amigo de ambos. Tras la boda, y el correspondiente viaje de novios, en el que viajaron a Lanzarote, decidieron adquirir una vivienda. Pero los pisos en Barcelona eran demasiado caros y apenas había construcción nueva, ya que todo lo que se ofertaba era de segunda mano. Es entonces cuando tuvieron la idea de irse a vivir a Mataró. Allí los pisos eran más asequibles y Ángela podía encontrar trabajo en una joyería. Por su parte, Sergio no tendría dificultad en pedir un traslado en la Orden General del Ministerio del Interior. Sabía que en Mataró se convocaban pocas plazas, pero también sabía que casi nunca se completaban, porque nadie las solicitaba.

«¿Quién quiere ir destinado a una plantilla donde no quieren a la Policía Nacional?», se preguntó.

En Mataró, al igual que en cualquier parte de Cataluña, la competencia exclusiva de la seguridad ciudadana recae en la policía autonómica, por lo que 'los nacionales' solo estaban allí para figurar. Sergio sabía que le sería fácil obtener una plaza en la policía nacional de Mataró. Y así fue.

## 17. Lucio Molina

Lucio Molina es el vecino del segundo izquierda. Tiene setenta y cinco años, aunque aparenta alguno más. Su piel ajada soporta los pesares de una vida de penurias. Cuando llegó a Mataró a principios de los años setenta, procedente de Murcia, se instaló en el barrio de Cerdanyola. Era un hombre duro. El sudor de su frente, en los años de siega y de cosecha y de vendimia y de jornadas interminables de sol a sol, había arrastrado consigo cualquier atisbo de ternura. Entonces tenía treinta años y llegó solo. En un par de años conoció a Roberta, también murciana, con la que se casó. Tuvieron dos hijos: Eva y Antonio. Eva se fue a vivir a Italia con su recién estrenado marido, con el que tuvo tres hijos. Entretanto, su otro hijo, Antonio, estuvo dando tumbos de un lado hacia otro. Bordeó la delincuencia y finalmente acabó en la prisión Modelo, donde falleció recién iniciado el año dos mil. Lucio dijo que el euro trajo la muerte de su hijo. Su esposa no pudo soportarlo y murió al poco. Dicen que se suicidó; aunque seguramente murió de pena. Porque de pena también se muere. Ahora vive solo, se ha convertido en un anciano huraño y malcarado. Su rostro está quieto como una piedra. Nunca sonríe.

Pero cuando llegó a Mataró todo era distinto. Entonces, Cerdanyola era una zona de cultivo, donde había viñas y almendros y algarrobos y huertos e higueras. Ese barrio siempre le recordó a su pueblo. Es una zona seca, por eso a la parte de abajo se la conoce como Pueblo Seco. Llegaron muchos inmigrantes de la zona sur de España. Hubo tal falta de control que el crecimiento en la zona provocó un desbarajuste urbanístico. Se construyeron muchas casas y pisos. Se construyó sin planificación, por todas partes.

En los años setenta, Mataró tenía casi un cincuenta por ciento de la población nacida fuera de Cataluña. Ya eran setenta mil habitantes los que cobijaba bajo su industria textil, lo que obligó a la ciudad a realizar grandes cambios en su urbanismo. Los inmigrantes, la mayoría de Murcia, Extremadura y Andalucía, construyeron barracas con sus propias manos en las zonas de la calle Maravillas, Fuensanta y Gatassa. Trabajaban en el campo o en la construcción. Con los primeros ahorros adquirieron viviendas en otras zonas de la ciudad. Algunos se fueron a vivir al centro. Comenzaron los calificativos despreciativos, de un lado y de otro. A los de fuera se les llamó *Charnegos*. A los de allí, *Catalinos*. La ciudad crecía. Dijeron que en el barrio de Cerdanyola vivían más de mil personas. Y de esta cantidad, más de la mitad nacieron fuera de Catalunya. A Lucio Molina le gustaba pasear por las calles del barrio. Casas bajas, rebozadas de cemento. Calles rectas que suben y bajan. Angostas, algunas oscuras con nombres en castellano, que luego cambian la nomenclatura al catalán. Ropa tendida en las ventanas, de pisos pequeños y habitaciones diminutas. Televisores en blanco y negro, con fotografías encima de los parientes que se quedaron en el sur. Comercios fundados y regentados por inmigrantes. Ultramarinos. Bodegas de vino a granel. Mercerías. Talleres mecánicos de coches y de motos. Supermercados. Y bares, muchos bares; prácticamente uno en cada esquina, donde los hombres se acodan en la barra mientras hablan de fútbol y de toros y de ferias de abril. Se escuchan rumbas, que dicen son catalanas; ya todos conocen a Peret. Hay mujeres que arrastran los carros de la compra, ataviadas con el delantal de andar por casa, camino de la plaza de Cuba. De vez en cuando algún vecino desaparece durante una larga temporada. Sus padres dicen, si tiene edad militar, que se alistó en la Legión; en caso contrario no dicen nada. Pero todos saben que ingresó por un tiempo en la Modelo. La Policía Armada patrullaba las calles, pero no hacía preguntas, porque sabían que los vecinos no las responderían. Barrio de silencios. Nadie sabe, nadie ve, nadie escucha, nadie habla. Y si lo hacen, es para mentir.

En los años noventa, ya viudo, y con su hija viviendo en Italia, decidió adquirir con los ahorros de su vida un piso en el recién construido bloque Calenda. Le gustó el barrio. Le gustó la calle de la Ginesta. Y le gustó el bloque. Es un piso pequeño, de no más de sesenta metros. Pero era justo lo que necesitaba. No tiene ascensor, pero confía en que sus piernas aguantarán las dos plantas que tiene que subir hasta llegar a su puerta.

    Ahora está jubilado, desde hace unos años. Le quedó una pensión digna con la que costea su manutención y algún capricho; aunque tiene pocos, no es hombre de vicios. Cada día se levanta con la incertidumbre de si será su último día, ese en el que la muerte vendrá en su búsqueda. Desayuna un café descafeinado y una tostada de pan adquirido en el horno de la calle Barcelona, al que se desplaza cada tarde dando un paseo. Le gusta transitar por las calles henchidas de habitantes, en una ciudad en la que, aunque hayan pasado los años, reconoce como propia. Lucio es más de Mataró que de Cehegín. Y por eso precisamente le duele que Cataluña quiera separarse de España. Le duele porque se siente murciano y español y catalán. Le duele porque no quiere que aquí le llamen extranjero y fuera de aquí le llamen extranjero. Le duele porque no quiere ser un extranjero en su patria.

**18.** Maite y Juan

Maite Higueras tiene un año menos que Ángela, veintisiete, y trabaja como dependienta en una joyería de la Ronda O'Donnell. Es una mujer de aspecto estridente y siempre va maquillada como si portara una máscara de carnaval. Tiene abundante cabellera rizada, de color rubio natural y le gusta llevarla suelta, cayéndole por debajo de los hombros. Es alta, es guapa y es agradable de trato, como lo debe ser una buena dependienta que está de cara al público. Su novio, Juan Santos, es funcionario de la prisión de Quatre Camins, en la Roca del Vallés. También tiene veintisiete años y también es alto. Es un chico agradable y muy espontáneo, ya que siempre dice lo primero que le pasa por la cabeza. Viven en Premia de Mar, desde que se compraron un piso de ochenta metros cuadrados en una promoción de viviendas de Protección Oficial. Tienen un coche que utiliza ella para ir hasta Mataró a trabajar, y una motocicleta de gran cilindrada, que usa él para ir hasta la Roca del Vallés.

Maite y Ángela se llevan estupendamente, al igual que Juan y Sergio. Por eso los han invitado a cenar al recién estrenado piso de Mataró. Ángela les habla de los vecinos. En total son tres y son personas que llevan viviendo en el bloque desde que se construyó. Los conocen porque se han ido cruzando con ellos. En el primero izquierda vive una anciana sola a la que los hijos y nietos visitan cada dos o tres días. En el primero derecha hay una mujer, sola también, profesora de un instituto de secundaria. Y al lado, en el segundo izquierda, reside un viudo cascarrabias, un misántropo que está todo el día protestando por el ruido del vecindario.

—Este piso era de Calenda —comenta Sergio—. ¿No sé si os suena?

—Creo haber oído algo —responde Juan—. Recuerdo como su fallecimiento fue portada de la prensa local —habla de memoria.

—¿En serio? —cuestiona Sergio—. Yo, hasta que no compramos el piso, jamás oí hablar de él.

Durante la cena hablan de sus respectivos empleos, ya que Ángela evita comentar nada sobre la muerte de Calenda, y mucho menos les dice que murió en el trastero. Cada vez que Sergio o Juan orientan la conversación hacia el antiguo propietario, Ángela la encauza de nuevo hacia otros temas más diversos.

Después de cenar salen un rato al balcón que da a la calle principal, por encima de la puerta de acceso al bloque.

—Desde luego estáis bien tranquilos —comenta Maite—. Esta calle da hasta un poco de yuyu.

—Parece la típica calle esa donde violan a las chicas solas que regresan del trabajo —expone Juan sin mucho éxito.

—Tú y tus comentarios tan poco graciosos —recrimina su novia.

—No te preocupes, Juan —apacigua Ángela—. Voy preparada por si las moscas.

Y seguidamente extrae de su bolso un teléfono móvil de color rosa.

—Ah, claro. Una llamada a la policía —sonríe.

—No —Ángela arruga los labios en una mueca simpática—. Es una pistola eléctrica camuflada como si fuese un móvil.

—¿Y tu marido te deja llevar un arma ilegal? —cuestiona Juan.

—¿Quién dice que es ilegal? —polemiza Maite.

Sergio no dice nada y se limita a encenderse un cigarrillo. Se dan cuenta de que han consumido más de medio paquete de tabaco y de casi una botella entera de licor de orujo.

—¿Y el aire acondicionado para cuándo? —pregunta Juan bromeando.

—Para cuando nos recuperemos de la inversión inicial por la compra de este piso —responde Ángela—. Además —agrega—, el verano se está terminando y ya no será necesario el aire enlatado de los acondicionados.

—Bueno —interrumpe Sergio—, mejor vamos dentro que esto se va a llenar de mosquitos de un momento a otro.

Una vez dentro del piso, comienzan a hablar en voz alta y arman tanto escándalo que el vecino de al lado llama a su puerta.

—Vaya —chasquea la lengua Ángela—. Al final nos ha oído.

Sergio abre la puerta y contempla al vecino ataviado con una bata de estar por casa.

—No son horas —les dice con acritud. En su rostro se le marcan unos surcos tan profundos que parece que su piel sea de cartón cuarteado.

—Disculpe, es que han venido unos amigos a cenar —dice mirando a su marido—. Pero no se preocupe que ya estamos terminando.

Cuando el vecino se marcha, Sergio les recuerda que ya sobrepasan las diez de la noche y está prohibido hacer ruido pasada esa hora.

—Estaría bueno que viniera la policía municipal a llamarme la atención a mí por hacer ruido a deshoras.

Más tarde, cuando ya es casi medianoche y, enturbiados por el alcohol y el cansancio, conversan en voz baja. Maite se interesa por la historia del piso y cómo se enteraron de que estaba a la venta. Es entonces cuando Sergio aprovecha para sacar a relucir el hecho de que ellos no conocían a la propietaria, una tal Aurora, y delegó en los aspectos de la venta en Trinidad, una mujer extraña y solitaria que hizo de intermediaria. Pero la guinda de la velada es cuando Sergio habla de la existencia del trastero ubicado en el sótano.

—¿Un sótano? —pregunta Maite con interés.

—Sí —asiente Sergio—. Y hay un baúl cerrado con tres cerrojos que perteneció al propietario.

—¡Qué bueno! —se emociona Juan—. Me muero de impaciencia por verlo.

—Eso es imposible —rechaza Ángela mientras balancea la cabeza negando—. Hemos firmado un contrato en el cual no podemos tocar ese baúl hasta que la propietaria haya muerto.

—Esto se pone interesante por momentos —anuncia Juan

—. ¿Y no sabéis qué hay?

—Documentación de la empresa —responde Ángela.

Juan se enciende un cigarrillo.

—Esto es muy, pero que muy emocionante. Seguro que hay un tesoro escondido y vosotros sin saberlo.

—No digas tonterías —le recrimina Sergio—. Si hubiese un tesoro ya lo habría vendido la dueña.

—¿Podemos verlo? —insiste Maite.

—El baúl no se puede abrir —advierte Sergio.

—¿No se puede o no se debe? —pregunta Juan con malicia.

—No y no —responde Sergio—. Pero no pasa nada por bajar al sótano y verlo, si os apetece.

Ángela arruga la frente. Su malestar es más que evidente.

**19.** Matías Páez

Matías Páez Ortega fue el hermano de Aurora hasta que murió a los 76 años. Nació en Sevilla, en 1930. Era el segundo de cinco hermanos, por delante de él solo estaba Aurora, la mayor. Desde que cumpliera los quince años, Matías no hizo otra cosa que trabajar. Fue albañil, camarero, conserje, carpintero, limpiador, barrendero, transportista y fontanero. Trabajó en cualquier cosa que le diera dinero para mantener a su esposa y criar a sus hijos. Desde que migrara de Sevilla, con destino a Cataluña, nunca le faltó el trabajo. Pero, también, solo en los últimos años había trabajado con contrato. Y, por lo tanto, no cotizó. Y luego, en su vejez, comprendió lo que supusieron todos esos años de trabajar en negro. Su pensión fue miserable, tanto que apenas pudo costear el importe de la residencia de ancianos donde estuvo recluido hasta que murió. Rita apenas lo visitaba. No iba porque no entendía por qué un hombre que había trabajado toda su vida, tenía que sucumbir esperando a la muerte. Su último trabajo, en el que estuvo empleado un año entero, mientras duró la obra, fue en la construcción del bloque de pisos de la calle de la Ginesta. Había cumplido los sesenta años, pero aún se sentía fuerte. Durante todo el año 1989, y principios de 1990, estuvo preparando mortero, cargando ladrillos, picando paredes, cavando zanjas, arrastrando carretillas de arena y subiendo y bajando andamios. Para entonces, Rita tenía once años y cuando regresaba a casa le gustaba explicarle lo que había estado haciendo. Le contó que su tío Anselmo era quién estaba construyendo ese bloque de pisos y le relataba los avances del edificio. Le habló de los trasteros, de los cuartos de baño y de las cocinas. Los ojos de Matías brillaban cuando aseguraba que algún día podría comprar uno de esos pisos e ir a vivir allí. Para Rita, el tiempo de construcción de ese bloque fue la época más feliz de su familia. Su padre revistió el bloque de la calle de la Ginesta de una magia que empapó la frágil imaginación de una niña.

Enviudó en el año dos mil, cuando un cáncer atrapó a su esposa. La quimioterapia solo prolongó la agonía hasta que finalmente le cortaron el pecho. Pero el cáncer se había extendido a la sangre. Estaba enterrada en el matedronense cementerio de los Capuchinos. Su hijo mayor, Salvador, ya había muerto unos años antes. Así que solo le quedaba su hija, Rita.

—El tío Anselmo esconde un secreto en el sótano —le dijo en susurros—. Sí —elevó la voz en tono misterioso—. Nadie habla sobre ello, pero ha encargado al arquitecto la excavación de una galería debajo del sótano donde planea ocultar un tesoro.

Después se reía, pero para Rita el hechizo de la intriga ya había alentado su fantasía.

Lo de tener una hija con 54 años, y 45 su esposa, fue una jugarreta del destino. De recién casados, Lucero se quedó embarazada enseguida. Salvador y Rita se llevaban treinta años. Muchos años como para que los dos se sintieran como hermanos. Cuando su padre la acompañaba al colegio, los demás alumnos se reían de ella. «¿Te acompaña tu abuelo?», le preguntaban en tono jocoso.

Cuando Rita cumplió los diecisiete, probó suerte en diversos empleos donde envió el currículo. Era una mujer atractiva y tenía don de gentes, pero en todos los empleos le exigieron el nivel de Suficiencia C1 de catalán. Ella había nacido en Cataluña. Hablaba catalán. Veía la televisión en catalán. Y comprendía el catalán perfectamente. Entonces, se preguntó, ¿por qué tenía que demostrar mediante un título los conocimientos de catalán?

Después de dos rechazos, una amiga le dijo que probara a sacárselo en Valencia. «Allí es más sencillo», la animó. Pero para entonces ella conoció al empresario Josep Lluis Barbier. Y pensó, luego supo lo equivocada que estaba, que nunca más tendría que trabajar y que ni a ella ni a su padre les faltaría el dinero.

**20.** Fantasmas en el sótano

Ya es la una de la madrugada cuando los cuatro bajan hasta el trastero.

—¿No nos denunciará ese? —pregunta Maite señalando la puerta del vecino del segundo izquierda, cuando pasan por delante.

—No, descuida —responde Ángela—. Si no hacemos ruido ni se enterará. Sobre todo os ruego que no fuméis abajo, podría prenderse algún mueble. Pensad que hay varias estanterías y una está llena de libros.

—Cómo mola —suspira Juan cuando Sergio abre el trastero.

De inmediato sus ojos se posan sobre el baúl de tres cerrojos, mientras que los de Maite lo hacen en una de las estanterías.

—¿Y esos libros?

—Supongo que ahora son nuestros —responde Ángela—. Lo único de este trastero que no podemos tocar es el baúl.

—Pues el constructor se lució —dice Juan mirando el suelo—. Para un espacio tan reducido no se pueden poner estas baldosas tan enormes. Un suelo con terrazo de veinte centímetros hubiera quedado mejor.

—Sí, es lo mismo que pensé yo la primera vez que lo vi —confirma Sergio.

Juan se agacha y comienza a trastear con los tres cerrojos del baúl.

—¡Para! —lo amonesta Sergio—. Ese baúl no es nuestro.

—¿Y no os pica la curiosidad de saber qué contiene? Yo no aguantaría ni un minuto sin curiosear lo que hay dentro.

—La verdad es que sí —se sincera Sergio—. Pero un trato es un trato y no seremos nosotros quienes lo rompamos. No es necesario que os recuerde que la inviolabilidad de este mueble forma parte de las escrituras que firmamos ante notario.

Ángela le hace un gesto con la boca para que no hable de

la muerte de Calenda, y mucho menos de que esa muerte se había producido allí. Ya lo hablaron antes de invitarlos a cenar y convinieron que ese asunto era tabú.

Juan, ajeno a la conversación, se sienta encima del baúl y con el tacón de su pie derecho aporrea varias veces la parte lateral del mismo, como si esperase que dentro hubiera un pequeño duende y con el golpeteo lo conminara a asomar la cabeza.

—¡Vamos! —grita—. ¡Sal de ahí, ya!

Sergio y Maite se ríen.

—Oye, déjalo ya que se puede abollar —protesta Ángela.

Desiste y se baja del baúl.

—Solo estaba bromeando.

—Venga —exclama Sergio—. Regresemos al piso que ya es tarde.

—Sí —corrobora Maite—. Ya está bien por hoy, mañana no habrá quien se levante.

Antes de irse, Juan se fija detenidamente en el baúl y cae en la cuenta de que toca la pared. Y comenta:

—Es posible que la humedad de la calle lo corrompa.

Sergio no comprende a qué se refiere.

—¿Qué quieres decir? Aquí no hay humedad —observa resbalando la mano por la pared rugosa.

—Sí que la hay, aunque no la notes. Este baúl está tocando la pared que da a la calle y el yeso debe estar húmedo por dentro. Es normal que filtre el agua de la lluvia, y mucho más en una calle donde apenas toca el sol. No hay que olvidar que esto es un sótano que está bajo tierra, y toda el agua de la lluvia se filtra y se queda estancada debajo de la calle. Es algo habitual que las paredes de las bodegas estén mojadas y los muebles hay que separarlos de esas paredes para evitar que se estropeen. —Mientras habla hace el intento de despegar el baúl de la pared del fondo para demostrar que está en lo cierto, pero no lo consigue—. No lo puedo mover —protesta—. Pesa demasiado, quizá es cierto que hay un muerto aquí dentro.

—Venga, vámonos —exclama Ángela, incómoda—. Ya

llevamos demasiado rato aquí abajo y no me gusta para nada esta habitación.

—Espera, Juan —le dice Sergio—. Deja que te ayude, no creo que pase nada por separar unos centímetros el baúl de la pared. Con un palmo será suficiente.

—No —brama Ángela—. Dejadlo ya, por favor.

—No pasa nada, cariño —tranquiliza su marido—. Solo es un baúl viejo. No creo que ocurra nada por moverlo.

Ángela arroja una mirada de furia sobre su esposo. Ese punto de la noche es precisamente el que quería evitar, el de Sergio abocado a buscar fantasmas en el sótano.

## 21. El Pecas

En la comisaría de Mataró había un inspector de policía judicial al que todos conocían por el remoquete del *Pecas*. El mote le venía por unas manchas rojas en los costados de su enorme nariz, provocadas por una dermatitis seborreica. Se llamaba Alejandro Gamboa y era originario de Málaga, a donde quería regresar cuando se jubilara. En 2005 cumplió los cincuenta y cinco años; aunque su aspecto era el de una persona más joven. Era un hombre despreocupado, más pendiente de su vida personal que de la laboral. Vivía en el barrio de Vista Alegre. Tenía dos hijas: una de dieciocho años y otra de trece. Su esposa, Almudena, era una madrileña que aprobó la oposición de Justicia y trabajaba en los juzgados de Mataró. Habían adquirido un terreno en Ronda, donde planeaban edificar una casa, aprovechando que allí el nivel de vida era más económico que en Cataluña. Pero su hija mayor, Nora, se puso novia con un policía local de Canet de Mar y dijo que ella era catalana y que de allí no se movía. La menor, Inés, todavía no tenía edad como para decidir por ella misma, pero Gamboa sospechaba que cuando llegara el momento tampoco querría regresar a Málaga.

—En Andalucía no se me ha perdido nada —les dijo en diversas ocasiones.

El Pecas estuvo destinado en la Policía Judicial de Mataró. Fue el año que llegó recién ascendido desde la escuela de Ávila. Diez años antes, en 1995, era subinspector y estaba destinado en Barcelona, en la comisaría de Nou Barris. Como su esposa se había empleado en el juzgado de Mataró, fue allí donde adquirieron el piso. Durante varios años, cada día, cuando tenía que ir a trabajar se desplazaba desde Mataró, utilizando la autopista de peaje. Su paupérrima economía se resintió por esos dos peajes diarios que tenía que pagar. Pero albergó la esperanza de que en cuanto ascendiera a inspector podría solicitar la plaza de Mataró y vivir en el mismo lugar donde trabajaba. Contravenía esa situación una norma no escrita respecto al buen policía: la de no residir donde se trabaja. No era recomendable porque en esos años, en la víspera del despliegue definitivo de los Mossos d'Esquadra, el ambiente en Cataluña se estaba caldeando, especialmente contra todo lo que representaba al Estado Español, en este caso, como no, la Policía Nacional. Trabajar en Barcelona y residir en Mataró le suponía una tranquilidad añadida, porque en Mataró nadie lo conocía, aún.

En 2005 acababa de aprobar como inspector y le concedieron la plaza en Mataró. Ya no podía, como hizo en años anteriores, propinar palizas a los detenidos, porque estos lo podrían reconocer cuando paseara por la calle. Atrás quedó la fama del Pecas, que se perdió en los calabozos de Nou Barris, las Zonales I y II o, su preferida, la comisaría del Puerto de Barcelona. El otrora terror de los carteristas se había reconvertido en un pacífico padre de familia.

El primer caso al que tuvo que enfrentarse fue la muerte del empresario Anselmo Calenda. La llamada entró a través de la Sala del 091. Su esposa, Aurora, llamó pidiendo ayuda cuando halló a su marido sepultado bajo una estantería del trastero. Cuando el Pecas llegó le acompañaba un Zeta con dos funcionarios: un chico de nueva promoción y una chica de prácticas. En la calle había una ambulancia y una patrulla de la Policía Local. Preguntó qué había ocurrido y un cabo de la policía municipal que apestaba todo él a tabaco lo acompañó hasta el trastero. En la puerta, y con la expresión desencajada, se hallaba la esposa de Calenda. Un sanitario le sacó una silla de mimbre del interior del trastero, la mujer se sentó acurrucándose, sosteniendo en sus manos un pañuelo de tela con el que secaba las lágrimas que salían de sus ojos rojos e hinchados.

—Es su esposo —le dijo gritando el cabo de la policía local—. La mujer lo vio esta mañana cuando bajó al trastero, alertada porque no había dormido en su cama esta noche.

—No es necesario que hable tan alto. —Protestó el inspector.

La mujer tenía la misma mirada de quien hubiera visto un

demonio.

—Ella no debería estar aquí —la señaló con los ojos—. Acompáñenla al médico para que la visite y luego tómenle declaración —ordenó a los integrantes del Zeta.

Gamboa accedió al interior del trastero y, de un vistazo, comprobó que todo estaba en orden. Había silencio. Y una única luz, de poca potencia, alumbraba la escena. Todo estaba inmóvil, como si fuese un decorado de teatro. Sobre el cadáver había volcado una estantería enorme y varios objetos pesados. En las paredes pendían cuadros con motivos religiosos. Observó en el suelo, en el lado derecho del cuerpo, un tramo limpio de no más de un metro, como si alguien hubiera escobado esa zona. Luego un baúl de viajero, tan antiguo que le recordó a uno que tenía su abuelo cuando vivía en Málaga.

—Un accidente —masculló.

El policía local lo miró con desconcierto.

—Eso parece. O eso quieren que parezca —agregó—. ¿Sabe quién es? —le preguntó a continuación.

—No. —Balanceó la cabeza con desinterés.

—Es un hombre muy rico —comentó el policía.

—¡Ya! —exclamó Gamboa casi escupiendo la interjección—. Los ricos también mueren.

## 22. El baúl

Los dos amigos introducen ambas manos por la parte de atrás del baúl y hacen fuerza hacia adelante, con la intención de separarlo de la pared. No se mueve ni un milímetro, pero su madera cruje. Ángela se asusta.

—Dejadlo ya —insiste—. Seguramente lleva medio siglo ahí, no creo que le pase nada por estar unos años más —dice—. Mi opinión es que no deberíais tocarlo y dejarlo tal y como está.

—Podíais echar una mano —se lamenta Juan—. Entre los cuatro lo desplazaríamos enseguida. Por mucho peso que contenga en su interior, estoy seguro de que lo podremos mover hacia adelante.

—¿Y si está pegado al suelo? —pregunta Sergio—. Es posible que después de tantos años se haya quedado enganchado. O, peor aún, que cuando lo colocaron ahí pusieron algún tipo de cemento debajo para que ese baúl no se pudiera mover.

—Sí —replica Juan—. Seguramente ha osificado y ya forma parte del conjunto de vuestro trastero.

Luego de hacer ese comentario se comienza a reír como un energúmeno.

—Pero... ¿sabéis que hora es? —lamenta Maite—. Son casi las dos de la madrugada y ya es tarde para hacer el imbécil. Juan, deja de tocar eso que no es tuyo.

—Bueno —expele Ángela mientras se acerca hasta el baúl —, cuanto antes terminemos antes nos podremos marchar del sótano.

—¿Qué quieres decir? —consulta Sergio, confundido por el repentino cambio de actitud de su esposa.

—Pues quiero decir que estoy harta de tantos misterios —explica—. Venga, terminemos con esto.

Entre los cuatro meten cuantas manos pueden por detrás del baúl.

—A la de tres —grita Juan. Todos asienten con la cabeza

—. Uno, dos y tres... —exclama. Después del empuje consiguen desplazar el baúl casi medio palmo de la pared. Desde el interior se escucha un estruendoso sonido, como si se hubiese roto algo, pero lo achacan al desplazamiento. En el arrastre, el baúl traslada polvo reseco que queda acumulado en uno de los cantos—. Con este pequeño movimiento no creo que se haya estropeado nada.

En ese instante, la única bombilla del trastero se funde. La oscuridad es prácticamente total y la luz que proviene del pasillo del sótano apenas alumbra lo necesario como para que las dos parejas puedan verse las caras. Los dientes de Maite brillan de forma tenue y vaporosa, nadie puede saber si sonríe o permanece callada. Mientras que los ojos de Ángela se encogen para atrapar el escaso resplandor que los envuelve. Juan se mete la mano en el bolsillo.

—Aquí no fumes —lo amonesta su esposa cuando distingue un paquete de tabaco.

El baúl se queda ligeramente oblicuo con respecto al muro. No se encuentra equidistante de la pared y Sergio lo achaca a un empuje desigual de las ocho manos, piensa que seguramente los hombres tiraron con más fuerza y se despegó más de un lado que de otro.

—¿Lo abrimos? —pregunta Juan—. Esas tres cerraduras las podemos romper de un taconazo —sonríe.

Hacen tanto ruido, que la anciana del primero izquierdo, María Asunción, se despierta. La mujer se asusta, se pone una bata por encima y se asoma al rellano. Comprueba que desde el sótano llega luz, por lo que baja unos cuantos escalones hasta ver, a través del hueco de la escalera, que los que forman jaleo, son los nuevos vecinos del segundo derecha. Regresa a su puerta, despacio para no alertarlos.

Venga —farfulla Sergio—. Vamos para el piso a echar la última copa, que ya es tarde.

Uno a uno salen del trastero, Sergio se queda el último para cerrar con llave. Pero entre el cansancio y las altas horas de la madrugada, trastabilla con la puerta y se golpea la rodilla. Su cuerpo parece un cómico tentetieso. Maldice en silencio y propina un rabioso golpe en la pared, con la mano abierta. De la estantería más próxima a la entrada cae al terrazo un libro encuadernado en terciopelo que levanta una ligera nube de polvo. En la penumbra se fija que mide unos 12 centímetros de alto y tiene una correa de cuero enganchada en una hebilla de hierro que está abierta, seguramente por la caída. Con la luz que llega desde el pasillo del sótano se fija en el dibujo de la carátula: un caballo de ajedrez cincelado en oro.

—¿Qué es eso? —consulta Ángela desde el pie de la escalera.

—Nada —rechaza darle más explicaciones—. Uno de los objetos de la estantería se ha caído al suelo.

Lo coge con la mano y lo devuelve a su sitio. Antes de soltarlo lee el título que hay debajo del caballo:

«*Joueur d'échecs*».

Luego acciona el interruptor de la izquierda, de los dos que hay, y apaga la luz con un manotazo. Cierra la puerta.

**23.** María Asunción Claramunt

María Asunción Claramunt nació en La Ametlla, un pequeño pueblo de la provincia de Barcelona, en el año 1935. En 1955, con veinte años, se casó con Fructuós, un payés propietario de una granja de cerdos. Tuvieron cinco hijos: Adrià, Guillem, Martí, Felicitat y Dolors. En el año 2000, Fructuós sufrió un accidente de coche, falleciendo en el acto cuando regresaba de un viaje de negocios desde Barcelona. El Ford Sierra se estampó contra un camión que había mal aparcado en el arcén de la autopista. María Asunción tenía entonces sesenta y cinco años; aunque era una mujer fuerte y de aspecto rejuvenecido. Se quedó sola, pues sus cinco hijos se habían casado y vivían con sus respectivas parejas. Dolors, la hija con la que más apego tenía, vivía en Mataró, en la calle Miquel Biada. Fue ella quién la convenció para que se mudara a esa ciudad.

«Así estaremos más cerca», insistió.

Y así lo hizo, cuando en el año 2004 adquirió el primero izquierda del número 3 de la calle de la Ginesta. Desde que se estableció, Dolors la visitaba cada domingo. La recogía en coche y se la llevaba a su casa, donde comían en familia, mientras disfrutaba de la compañía de sus dos nietas: Estel y Laia.

El viernes 10 de junio, del año 2005, María Asunción seguía siendo una mujer ágil que subía y bajaba varias veces al día las escaleras del bloque. Daba largos paseos por las calles de Mataró e iba a comprar cuatro veces por semana al mercado de la Plaza de Cuba y, de tanto en tanto, a una tienda de ultramarinos que había al final de su misma calle, donde le gustaba escoger la fruta, la verdura y el pescado. Esa tarde estaba en el balcón, regando los dos maceteros de geranios. Escuchó como alguien abría la puerta de la calle. Se asomó enseguida, era una mujer desconfiada y quería saber quién accedía al bloque. Esos días dijeron que había una pareja: chico y chica, que engañaron a algunos vecinos ofreciendo descuentos en las compañías de la luz y del gas. Tardó tanto en llegar al balcón que fuese quién fuese quién estuviera abajo, ya había entrado al bloque. En la calle solo había un camión de reparto de refrescos, aparcado en la esquina del pasaje Almenara. Recorrió el salón, pasando por al lado de un plato con comistrajos que había sobre la mesa. Eran las sobras de la comida de ese mediodía. El reloj de cuco marcaba las seis y media; aún faltaba media hora para que saliera el pajarito. Llegó a la puerta y se asomó por la mirilla. No escuchó nada y no vio a nadie, por lo que interpretó que quién accedió al bloque no subió a ningún piso.

Regresó al salón, sentándose en el sofá. Encendió el televisor. Posó sus manos tranquilas sobre su regazo. Había silencio. Y sosiego. De la parte de abajo del bloque llegaron ruidos de voces, alguien estaba hablando en el sótano. Escuchó un estruendo, como si se hubiera caído un mueble al suelo. Todo su piso retumbó.

—Ha sido en los trasteros —masculló en voz alta.

Era como si estuvieran haciendo obras. Después hubo silencio, de nuevo. Escuchó un portazo. Se puso en pie, con celeridad. Quería asomarse al balcón y ver quién salía por la puerta. Lo hizo con disimulo, para que fuese quien fuese no pensara que ella era una entrometida. Se asomó al balcón, sosteniendo en su mano una regadera para simular que estaba regando los geranios. La puerta de la calle se abrió. Era una mujer. Era alta y tenía el cabello rubio. Salió por la puerta, apresurada. Taconeó a lo largo de la calle de la Ginesta, ni siquiera miró hacia atrás. La anciana se quedó parapetada en su balcón. En su mano seguía sosteniendo la regadera, vacía. La chica llegó al final de la calle. Y, antes de perderse por la esquina, se giró, como queriendo echar un último vistazo al bloque. Demasiado lejos como para que María Asunción pudiera distinguir su rostro. Pero ella, esa chica, sí que la vio regando las plantas.

De regreso al salón se sentó de nuevo en el sofá. En ese momento el cuco del reloj se asomó lanzando el sonido de su cucú al aire.

## 24. Año 2005

Al sótano llegó un indicativo unipersonal de policía científica y se puso a disposición del inspector Gamboa.

—Vaya —dijo un agente de poco más de cuarenta años, con una poblada barba que en su cuerpo diminuto ofrecía un aspecto divertido—. Ha muerto Calenda —espetó como si ese hecho fuese la mayor calamidad que hubiera acontecido en Mataró en muchos años.

—¿Lo conoce? —le preguntó el inspector.

—Claro —dijo saltando saliva por su boca—. Aquí todo el mundo lo conoce. Creo que no hay ningún mataronense que no haya comprado alguna pieza para el coche en su desguace.

El cabo de la policía local emitió un sonoro chasquido con su lengua, queriendo llamar la atención.

—¿No está de acuerdo, cabo? —se dirigió el inspector hacia él.

—Pues no —dijo bajando la voz, como si temiera que alguien más pudiera escucharlos.

En ese instante, en el trastero solo estaba la pareja del Zeta, el policía de científica, el cabo y el inspector Gamboa. El otro integrante de la policía local se quedó en la calle vigilando los vehículos policiales y esperando a que llegara el forense y la autoridad judicial.

—Este bloque se edificó sobre su chatarrería —habló el policía de científica mientras se peinaba la barba en un gesto que parecía placentero—. Vendió los terrenos para edificar toda esta manzana y se quedó uno de los pisos. Creo que el último —afirmó no muy convencido—. Ya tenía dinero antes de vender el desguace, por lo que ahora tendrá mucho más.

—Qué *equivocaos* estáis —intervino el cabo de policía local, no pudiendo ocultar un fuerte acento catalán—. Calenda no tenía un puto duro. Era un hombre de aparentar, como todos los empresarios andaluces —mencionó con desprecio—. Ese llegó aquí creyéndose que en Cataluña se iba a montar en el oro y se topó con la triste realidad, que aquí, como en todas partes, nadie da duros a cuatro pesetas. Hacedme caso a mí, que soy de Mataró de toda la vida, Calenda estaba arruinado y tuvo que vender todo lo que tenía para pagar deudas. Conozco a un tipo que estuvo trabajando en su chatarrería y dice que aún le adeuda varias mensualidades. Y si no, ¿creen que un tío tan rico viviría en este bloque?

—Bueno, lo cierto es que ni lo sé ni me importa —comentó Gamboa con descortesía—. Para nosotros no es más que un muerto y —lo señaló con la barbilla— le vamos a dar el mismo trato que a un muerto cualquiera.

El policía de científica dejó un maletín que parecía pesado en el suelo, delante de la puerta del trastero, y lo abrió por la mitad. Extrajo una cámara de fotos y un par de brochas de pintor de distintos tamaños.

—¿Qué se supone que va a hacer? —le preguntó Gamboa.

—Una inspección —respondió—. Ahí hay un cadáver y es obligado hacerla.

—Bah, menuda paparrucha. No hay que ser ningún «*Serlo Jolmes*», —dijo provocando una sonrisa en el cabo de la policía local y en el policía de científica—, para darse cuenta de que ese tío se cayó de puro viejo torpe cuando andaría haciendo cosas de jóvenes. Y al agarrarse en esa balda —la señaló con la barbilla—, la estantería cedió y se le volcó encima. Lo demás es obvio, el tío murió aplastado.

—Bueno —interrumpió el policía de científica—. A mí eso me trae sin cuidado. Yo tengo que hacer un reportaje fotográfico y tomar muestras de huellas y restos que pudiera haber en la zona del accidente. Y lo tengo que hacer porque me lo pedirá el juzgado. —Del maletín sacó unos triángulos de color amarillo y los fue colocando al lado de algunos objetos y del propio cuerpo del empresario—. ¿Ha llegado ya el médico?

—¿Qué médico? —devolvió la pregunta el policía local.

—Se supone que la muerte la tiene que certificar un médico.

Gamboa se encogió de hombros.

—A mí que me registren —exclamó con socarronería—. Cuando yo he llegado ya estaban estos —señaló a la policía local—. Y a mí me han dicho que aquí había un cadáver.

El cabo de la policía municipal se molestó y no hizo nada para evitar que se le notara.

—Yo mismo he verificado que Calenda estaba muerto —aseguró—. He comprobado sus constantes vitales y está más muerto que una mojama —dijo sin demasiada gracia.

—Está bien —aceptó el policía de científica—. Pero para la próxima mejor que sea el médico el que lo certifique, ya veréis como el juez nos llamará la atención.

El de científica comenzó a tomar fotos en la escena del accidente. Al sótano bajaron el forense y un médico del servicio de emergencia. También llegó una patrulla de los mossos que querían saber qué había ocurrido. Gamboa los recibió con rudeza.

—Ya está todo controlado, no necesitamos nada de vosotros. Gracias.

Los mossos no replicaron, se limitaron a mirarse entre ellos y acatar las directrices del inspector. Sabían que eran años de confusión y de traspasos. No convenía, así se lo indicaron sus jefes, discusiones estériles con la policía o la guardia civil.

—Si necesitan algo, estaremos por aquí.

—Yo me voy —se despidió también el cabo de la policía local. Y salió a la calle en compañía de los dos mossos.

El forense se acercó al cuerpo de Calenda. Lo movió ligeramente y comprobó que estaba muerto. Giró el cadáver, limpió la sangre seca de la cabeza con un guante de látex y vio el agujero en su frente.

—Muy profundo para que lo haya hecho una estantería. —Luego miró hacia el suelo—. ¿Esa estantería estaba así? —preguntó al verla al lado del cadáver.

—Ni idea —replicó el inspector—. Cuando yo he llegado ya estaba la policía local.

El forense no insistió, parecía que ese detalle no era determinante.

—¿Han limpiado algo? —preguntó señalando hacia un espacio limpio de la baldosa que había al lado del baúl. —Los dos policías balancearon la cabeza negando—. Convendría hacer un inventario de todo lo que hay en este trastero.

—Sí —intervino el policía de científica—. Haré un reportaje completo de todo lo que hay aquí y lo pondré a disposición del juzgado.

—¿Quién halló el cuerpo? —preguntó seguidamente el forense.

—Su viuda —respondió Gamboa.

Un secretario judicial bajó hasta el trastero acompañado por uno de los policías locales.

—Su señoría no ha podido venir —dijo como presentación—. ¿Ese de ahí es Calenda?

—Sí —respondió el forense.

—¿Un accidente?

—Con toda seguridad.

—Pobre —masculló—. Ese hombre ya estaba muy mayor.

## 25. Joueur d'échecs

«Joueur d'échecs», pronuncia con lentitud inquietante un pequeño hombrecillo que hay subido en un árbol. Pese a la oscuridad distingue a una especie de bufón. Observa como detrás de él hay un lago de un intenso color azul. Al fondo se distingue una barca de color beige sobre la que vuelan unas gaviotas con las alas desplegadas en actitud desafiante. Una cortina de precipitación marina comienza a arrojar con furia sus lanzas de lluvia. El agua golpea unos cristales que empiezan a resquebrajarse.

«*Joueur d'échecs. Joueur d'échecs. Joueur d'échecs...*».

Se despierta cuando son las doce del mediodía y enseguida comprende que todo fue un sueño. Abre los ojos en la oscuridad y escruta el cielo soleado a través de la ventana de la habitación. Su chaqueta de verano colgada del perchero forma una silueta ancha que simula la figura de un intruso que se hubiera colado y lo estuviera observando, agazapado, mientras duerme.

—Jodido sueño —musita.

Desde la habitación de matrimonio escucha el sonido de la ducha. Se seca los ojos húmedos y se dirige a la cocina caminando en línea recta, como un muñeco de cuerda. Se va desperezando mientras deambula soñoliento y derrengado por el pasillo. La garganta le pica a causa del exceso de tabaco y alcohol y siente una insoportable pesadez en la cabeza que sabe se desvanecerá en cuanto se tome el primer café del día. En el trayecto trastabilla con la puerta de la cocina, llegando a estar a punto de caerse al suelo. En ese instante se siente estúpido por su torpeza.

—Zopenco —reniega en voz baja.

Mientras espera a que la tostadora haga su trabajo, estira los brazos en un gesto compulsivo, buscando escuchar como los huesos de sus hombros crujen. En ese instante aflora a su memoria el libro que se cayó de la estantería del trastero la noche anterior.

—¿Y el título? —se pregunta.

Recuerda entre tinieblas como había algo escrito en letras grandes, pero no reparó en qué decían esas palabras. O no lo recuerda con precisión.

—Era algo de «*Joueur*» —va recordando de forma paulatina.

Le viene a la memoria el recuerdo del sueño que tuvo antes de despertar y esa especie de saltimbanqui que no paraba de repetir el título.

—Joueur... Joueur...

—¿Ya te has levantado? —le pregunta Ángela desde el interior del cuarto de baño cuando escucha a Sergio caminar por el pasillo.

—Sí —carraspea para aclararse la garganta—. No te he oído esta mañana. ¿Llevas mucho tiempo despierta?

—Un poco antes que tú. He hecho café, te vendrá bien una taza para despejarte. Ayer por la noche os pasasteis con el alcohol.

Sergio contempla como la cafetera humea encima de la placa vitrocerámica.

—Sí —asiente reprimiendo un bostezo—. Quizá bebimos demasiado.

—Tengo que salir a comprar.

Ángela se centra en medio de la puerta del baño. En su cabeza lleva atornillada una toalla y su cuerpo luce desnudo y mojado. Ni siquiera se esfuerza en ocultar esa cicatriz que tiene a unos pocos centímetros del ombligo, como si fuese una cesárea. Sergio se excita, pero sabe que ella nunca estaba dispuesta a hacer el amor por la mañana. Ella siempre dice que las mañanas existen para hacer cosas, pero no en la cama, sino fuera de ella. Argumentaba que podía llamar el cartero, sonar el teléfono o venir alguna visita.

—¿Necesitas algo?

—No —rechaza Sergio—. Quiero dedicar la mañana del sábado a pintar la habitación de matrimonio, no me gusta ese color tan oscuro. Un color más claro le dará más luz y la hará más alegre.

—Creí que el melocotón te gustaba.

—Y me gusta, pero no tan oscuro. Quizá la pinte de melocotón claro.

Ángela se introduce de nuevo en el aseo. En medio minuto, Sergio escucha desde la cocina el sonido estridente del secador del pelo.

—Joueur —murmura con torpeza—. Joueur, joueur —repite—. ¿Qué cojones significará?

—¿Decías algo? —pregunta Ángela asomando su cabeza por el marco de la puerta del baño, mientras que detrás de ella, con el brazo estirado, se escucha el sonido del secador del pelo.

—No, nada. Hablaba solo.

—El que nada no se ahoga.

Sergio se sirve una segunda taza de café mientras escucha como su esposa sale del baño y se dirige a la habitación de matrimonio. Él la observa a través del espejo del pasillo y ve como se viste con un pantalón vaquero y un suéter con una flor estampada en el pecho. Luego oye el taconeo de sus zapatos por el pasillo.

Cuando está seguro de que ella ha salido del piso, baja corriendo al trastero sin perder un minuto. Nada más abrir la puerta dirige su mano a la zona de la estantería donde sabe que está el libro. Lo agarra con cuidado para que no vuelva a caerse y se fija, esta vez sí, en el título: «*Joueur d'échecs*».

—El Joueur d'échecs de los cojones —protesta.

Consulta en el teléfono móvil el significado. El traductor le devuelve el resultado como 'Ajedrecista'.

—El ajedrecista —pronuncia—. ¿Qué es? ¿Una novela?

Mira sin mucho ánimo el nombre del autor, por si es conocido. Espera hallar a una especie de Víctor Hugo o un Voltaire. Pero, para su enojo, lee un nombre que no le suena de nada:

—Jacques de Vaucanson.

Le hace una fotografía a la portada con la cámara de su móvil.

—Joueur d'échecs, de Jacques de Vaucanson —susurra en

un intento de memorizarlo para no olvidarlo.

Comprueba como en el interior hay texto y algún dibujo de mecanismos con engranajes y poleas. Varios planos de ingenios mecánicos, con anotaciones manuscritas. Y el esquema de un autómata que simula a un ajedrecista manco cuya cabeza está protegida con un turbante, como si fuese el genio de la lámpara de Aladino. Cuando llega a la última hoja se sorprende al ver un pequeño orificio en la solapa trasera, donde hay encajada una llave de gorja. Es una llave moderna, mucho más de lo que corresponde con ese libro. Incluso hay signos evidentes de que el hueco donde está encajada se perforó con posterioridad. Con la llave en su mano otea el interior del trastero buscando con la vista dónde puede encajar.

—Una caja fuerte —masculla entre dientes.

## 26. Giselda Barros

En el primero derecha vive Giselda Barros. Es una mujer muy atractiva, de facciones aniñadas, pese a tener cincuenta y cinco años. Desde que llegó a Mataró, proveniente de San Sadurní de Noya, es profesora de un instituto de secundaria. Tiene tres hijos: Joaquim, Julia y Ricardo. Hace cinco años que se separó de Andreu, cuando el amor se desvaneció en el mismo momento que su marido se volvió fofo y desapasionado. Por aquel entonces, Giselda tenía cincuenta esplendorosos años y había conocido a un antiguo compañero de la universidad, Albert, con el que quedó a tomar un café. Del café pasaron a quedar a comer. Luego a cenar. Y después de la primera cena, los dos se encamaron en un pequeño apartamento que Albert tenía en la plaza Granollers. Su esposo lo supo, o lo sospechó, o se lo dijeron. El caso es que discutieron y en unas semanas iniciaron los trámites para el divorcio.

En el año 2005, Giselda tenía cuarenta y cinco años y se encaprichó de un repartidor de refrescos. Santino era un sudamericano salvaje cuyo cuerpo se había cultivado en el gimnasio. Conducía un camión propio, ya que la empresa había reemplazado toda su plantilla por autónomos a los que daba una comisión por venta. Giselda lo fichó cuando lo vio en diversas ocasiones repartiendo en el instituto. En una de ellas se fijó en sus musculosos brazos que sobresalían en una camiseta de manga corta. Recuerda que aquella noche soñó con él.

La tarde del viernes 10 de junio ella salió de casa con destino a la tienda de ultramarinos de la calle de la Ginesta, con intención de comprar la comida del fin de semana. Cuando llegó a la puerta se tuvo que esperar a que Santino retirara una pila de cajas de Fanta que obstaculizaban el paso.

—Disculpe, señora —le dijo emitiendo una sonrisa.

Era una inusual tarde de calor del mes de junio y Giselda le devolvió la sonrisa.

—¿Tú eres Santino, verdad? Te he visto por el instituto

donde imparto clases.

Los dos se miraron sin saber qué decir. El sudor caía a borbotones por la frente del chico y Giselda resbaló la mirada por sus brazos húmedos.

—Sí, señora —respondió—. Yo también la recuerdo.

—¿Repartes en domicilios?

—Sí, pero solo reparto mediante pedido previo.

Giselda comprendió que las cajas que portaba en el camión eran pedidos que habían hecho los comercios.

—Entiendo —expelió con cierta molestia—. ¿Y no te sobrará alguna caja para llevármela al trastero? Vivo allí —señaló en dirección hacia su bloque de pisos—. Puedes aparcar el camión en la calle de al lado y dejarme un par de cajas de Fanta, a poder ser de lata.

—Sí, claro, hoy me sobran varias —aceptó el chico con amabilidad—. Termino aquí y se la llevo enseguida.

—Vale. Me voy adelantando para hacer sitio en el trastero.

Giselda compró en la tienda algún producto más que necesitaba y después se fue hasta el bloque a esperar a que el repartidor trajera los paquetes de latas. Se sintió estúpida, porque sabía que jamás podría tener una relación con ese joven.

—Señora —escuchó que la llamaba desde la entrada del bloque.

—Sí, estoy aquí.

Santino accedió portando sobre sus hombros los dos paquetes de latas de Fanta. Ella le indicó que los dejara en el interior del trastero.

—¿Aquí está bien? —le preguntó después de arrinconarlos al lado de dos cajas de agua.

—Sí. Perfecto. ¿Cuánto te debo?

—No le podré hacer factura —se excusó—. Los pedidos salen directamente del almacén con el albarán de venta impreso.

—¿Hay otra forma de pagar que no sea en metálico?

En un primer instante el chico mostró una expresión de enojo, quizá no es lo que se esperaba. Luego recapacitó y calculó que el reparto en esa calle, era el último de ese viernes. De allí solo le quedaba regresar al almacén, donde pasaría cuentas con el empresario y este le pagaría la semanada correspondiente.

—Sí, la hay.

Ella percibió en sus ojos que él aceptó el trato. Con las dos manos volcó el colchón que había pegado a la pared y se echó encima, remangándose la falda y quitándose las bragas.

—Cierra la puerta con pestillo —ordenó.

Giselda sacó un preservativo de su bolso, mientras el repartidor se quitaba los pantalones con dificultad, pues todo su cuerpo estaba empapado en sudor. Se acercó hasta el colchón con el miembro en posición de combate. Ella le colocó el preservativo con maestría y, sin tiempo que perder, se pusieron manos a la obra.

Cuando terminaron, Santino se vistió y salió del trastero mientras Giselda recogía el colchón. No hablaron porque no había nada que decir. El chico se encaminó hacia el camión de reparto que dejó aparcado en la esquina del pasaje Almenara. Antes de subirse al camión, con el desconcierto dibujado en su rostro, echó un último vistazo a la puerta de acceso al bloque y vio como accedían una pareja imposible. Él era un vejestorio de más de setenta años y ella una preciosidad que rondaría los dieciocho. En ese instante pensó que también iban a un trastero.

—Joder con los trasteros de este bloque —musitó irónico.

Lo último que vio fue a una anciana asomada en el balcón del primer piso. En su mano sostenía una regadera con la que se disponía a regar unos geranios.

**27.** El atestado

La mañana del jueves 16 de junio del año 2005, el inspector Alejandro Gamboa, alias el Pecas, completó el atestado policial de la muerte del empresario. Remitió una copia al juzgado de instrucción, otra al fiscal jefe, una al archivo de la comisaría, otra para policía judicial y una quinta para estadística. La copia dirigida al archivo pasó antes por las manos del comisario de Mataró, Gabino Pascual.

—Estoy impresionado —espetó mientras se acomodaba en su sillón—. Ha concluido usted el atestado en tan solo seis días. Solo espero que no haya desdeñado ninguna prueba importante.

Pascual era un comisario de nueva promoción; tan solo hacía tres años que ascendió y, desde entonces, ocupó el cargo en Mataró. Era un tipo muy desagradable, tanto en el aspecto físico como en el trato. Excesivamente grueso, tenía la tez sonrosada y los ojos adormilados, como si siempre tuviera sueño, por eso los tenía que cubrir constantemente con unas gafas oscuras. Con un metro sesenta y tres de estatura, se coló en el acceso a la escala ejecutiva cuando se presentó para inspector, ya que no daba la talla por un par de centímetros.

—No había mucho más que investigar —respondió Gamboa—. Un viejo, un sótano, una estantería y una fatal caída. Aquí no hay más cera que la que arde —anotó irónico.

—Bueno, bueno... —balanceó la mano el comisario—. Calenda no era un viejo cualquiera.

—Bah, a otro perro con ese hueso —declinó con desdén—. Me he enterado de que ese viejo no era más que un fracasado. Presumió durante su vida de hombre portentoso en los negocios, pero en realidad no tenía dónde caerse muerto. Cómo se nota que no vio el trastero por dentro —El comisario se removió en su silla—, porque había más mierda que en el palo de un gallinero.

—Lo he visto en las fotos.

—¿En qué fotos?

—En las del reportaje de policía científica.

—Ah, bueno. Ahí se idealiza mucho ese trastero. No quiera saber la de cuadros de santos y decoración barroca que lo compone. Y el viejo lo debería utilizar como picadero —sonrió burlándose—, porque había un colchón pegado a la pared. Estoy convencido de que la mitad de las prostitutas de Mataró se han arrastrado sobre ese colchón.

—No entiendo. ¿Por qué asegura eso?

—Estuve entrevistándome con algunos vecinos y posibles testigos en potencia —respondió el Pecas escrutando en vano los cristales oscuros de sus gafas—. No crea usted que no sé hacer mi trabajo. Hay una serie de detalles relacionados con la muerte de Calenda que no he podido plasmar en el atestado, por no liarlo más de la cuenta.

—Le escucho.

—Verá —dijo toqueteándose el lóbulo de la oreja derecha como si le escociera—, he sabido que el viejo utilizaba el trastero como lugar de encuentros sexuales. Hablando con algún vecino me he enterado de que el día de los hechos estuvo ahí abajo con una 'perica' de buen porte y buen culo.

—¿Qué me está contando? Por lo que dice, esa mujer fue la última en verlo con vida. ¿Sabe de quién se trata?

—Ni lo sé ni me importa —expelió con arrogancia—. Una puta de tantas que el viejo se llevó al trastero. No hay evidencias de que ella lo hubiera matado. Ni siquiera de que estuviera allí abajo con él cuando se le cayó la estantería encima. En tal caso es innecesario dejar una vía abierta en la investigación, solo costaría tiempo a los agentes y dinero al contribuyente.

—¿No había nadie más aparte de esa supuesta prostituta?

—Ahora soy yo el que no le entiendo —arrugó el gesto el inspector—. ¿Tenía que haber alguien más?

—Bueno, solo es una hipótesis. Quizá Calenda utilizara ese trastero para llevar allí a amigos o conocidos suyos, donde podrían tirarse a esas putas sin que nadie los viera.

—Oh, comisario, eso que dice, se dará usted cuenta, es un disparate. Una cosa es que el viejo utilizara su trastero para follar en la clandestinidad y otra bien distinta es que otros hombres, posiblemente amigos de él, hicieran lo mismo. ¿Qué sentido tiene usar un trastero como lugar para mantener relaciones sexuales, habiendo hoteles?

—No crea, inspector, que lo que digo es descabellado. Un trastero puede ser un lugar muy recóndito y discreto, donde cualquier cosa que ocurra pasa desapercibida. Y no me malinterprete, ya que lo digo por la mención que ha hecho a ese colchón, cuando ha dicho que estaba allí para lo que estaba. Y, aparte de ese detalle sobre una chica que estuvo con Calenda, ¿no hay nada más a destacar en su muerte?

—No. Ya le digo que sí que estuvo allí con una prostituta, pero ella no fue la asesina.

—¿Entonces lo asesinaron?

—No tergiverse mis palabras, ya me ha entendido usted. Lo que quiero decirle es que Calenda murió por un accidente y no tiene ningún sentido implicar a más personas en su muerte. O acaso no ha pensado usted en que quizá esa mujer, a la que varios testigos vieron cuando entraba en el bloque en compañía del viejo, puede no ser una prostituta y quizá sea una persona respetable. ¿Se imagina la mala publicidad que daría eso? Prolongaríamos innecesariamente una investigación que se alargaría más de lo soportable. Declaraciones, pesquisas, pruebas y testigos, para determinar que un viejo se cayó torpemente en el interior de su trastero mientras ordenaba una estantería.

—Vaya —chasqueó los labios el comisario—. Veo que me había equivocado con usted.

—¿Equivocado?

—Sí. Si tengo que serle sincero, en un principio pensé que usted era una especie de 'caimán' de la policía que no quería trabajar. Me lo imaginaba como un investigador estólido e ignorante —dijo para incomodidad del inspector—. Pero ahora, por sus explicaciones, veo que quizá es el mejor inspector del que disponemos en la policía nacional. Ha resuelto el caso con una sencillez pasmosa. Pero mi pregunta iba en otro sentido. —El comisario se inclinó sobre la mesa y posó las dos manos juntas encima—. ¿Ha oído hablar del ajedrecista?

—¿El ajedrecista? No tengo ni idea de qué me está hablando.

—Es un muñeco que Calenda tenía en su trastero.

—¿Un muñeco?

—No exactamente, más bien un autómata. Sí, no me mire así. Es un autómata muy sofisticado que juega al ajedrez. En su interior cobija una especie de sistema mecánico que hace que el muñeco mueva las piezas y juegue.

—¿Y juega bien? —inquiere con sorna el inspector.

—No lo sé, porque yo nunca he jugado contra ese autómata. ¿Lo vio?

—No. En ese trastero no había nada de lo que usted me dice. A no ser que...

—¿A no ser qué? —lo interrumpe el comisario sin dejar que termine la frase.

—A no ser que sea un muñeco muy pequeño. ¿De qué tamaño estamos hablando?

—De esta altura aproximadamente —dice poniendo su mano a la altura de la mesa—. El muñeco está sentado delante de un tablero de ajedrez y con su mano derecha, la única que tiene, mueve las piezas. Pero no crea que hace magia, ya que el tablero dispone de unos agujeros donde se clavan las piezas al moverse, y así el mecanismo distingue las jugadas de su oponente.

—Pues no —aseguró con rostro impenetrable—. En ese trastero no había nada ni remotamente parecido. Y eso que lo requisamos todo, y a fondo. Quizá lo conserve en el piso o en otro lugar.

—Es posible, es posible... —apostilló el comisario con un tono de voz desasosegado.

## 28. Vaucanson

Cuando Sergio sube al piso, Ángela no ha vuelto aún. Recuerda como antes de que él bajara al trastero, ella le había dicho que tenía pensado salir a comprar. Sergio conoce las compras de su esposa, porque son jornadas interminables donde se entretiene hablando con uno y con otra. Ella va a una tienda y mira los precios. Y luego va a otra y comprueba si el producto que requiere está más barato. En alguna ocasión bromeó sobre eso y le llegó a decir que parece una mujer de entreguerras.

Se sienta en el salón, frente al portátil, y levanta la tapa. Abre el navegador y escribe el nombre del autor del libro mientras lo lee de la captura de su teléfono móvil:

«*Jacques de Vaucanson*».

El buscador le devuelve varios resultados. Pincha en el primero que aparece en la pantalla, en la parte de arriba. Se entretiene en leer un extenso artículo sobre Vaucanson, por lo que sabe que fue un ingeniero francés que soñaba con máquinas capaces de excitar la curiosidad del público. En 1737 construyó el que se conoce como el primer autómata jamás creado. Se trataba del *Joueur de Flûte* (el flautista), una figura automatizada de tamaño natural que representaba un pastor que tocaba el tambor y la flauta con un repertorio de doce canciones distintas. La magia de Vaucanson consistía en que su creación únicamente utilizaba viejos engranajes, poleas, ruedas, coronas dentadas, piñones, volantes, cremalleras, correas y soportes de transmisión. Al año siguiente presentó el autómata en la Academia de Ciencias Francesa. En el artículo lee que durante los primeros días de exhibición del flautista, la gente se negó a creer que esa flauta sonara de verdad, ya que sospecharon que dentro del robot había algún tipo de instrumento musical. Vaucanson los convenció de que el autómata era realmente quién tocaba el instrumento cuando los asistentes comprobaron como el viento salía de sus labios y como el movimiento de los dedos lo manejaban sus articulaciones, las cuales componían las notas de la melodía.

—¿Qué haces? —escucha que habla Ángela a su espalda.

—Nada —responde cerrando la tapa del portátil como si le hubiera pillado en una travesura—. Estaba consultando unas cosas por Internet. ¿Ya has vuelto de comprar?

—Ah, bien —exclama—. ¿Te apetece comer fuera? Hoy no tengo ganas de cocinar y no creo que tú hayas hecho la comida. También veo que no has pintado el piso.

Sergio sonríe como respuesta.

—Ya sabes que no —emite una disculpa.

—A no ser que estés haciendo algo importante en el ordenador —contraviene—. Tampoco te quiero distraer.

—Oh, no te preocupes. Solo estaba navegando por aburrimiento, sin buscar nada en concreto.

—¿Estás mirando porno?

—No, que va. Yo no miro porno.

—¿Estás seguro? —insiste Ángela—. Has bajado la tapa del portátil a una velocidad vertiginosa. No me gustaría que mi marido se dedicara a ver vídeos de orgías.

—Ya te digo que no —Sergio se molesta.

—Pues nada, en cuanto estés listo salimos. Yo ya estoy vestida.

—Me pongo los zapatos y nos vamos.

—Será nuestra última salida del mes de julio —dice ella antes de colgarse el bolso en su hombro.

El pasar por la primera planta se cruzan con la vecina del primero izquierdo, que en ese momento está escobando el rellano.

—Buenos días —saludan.

—Buenos días —responde la anciana mientras sostiene un recogedor con palo en la mano—. ¿Les llega bien el agua a su piso?

—Sí —responde Ángela componiendo una mueca en su rostro.

—Os lo pregunto porque llevo días que no tengo suficiente presión de agua ni siquiera para ducharme. Si sigue así terminará por estropearse la lavadora.

—A nosotros nos llega bien —afirma Sergio—. Quizá es por el verano y el exceso de piscinas abiertas —trata de explicar.

—No. Creo que es desde que quitaron las calderas de los sótanos. Algo debieron trastear ahí abajo y desde entonces el agua no llega bien. Igual no os afecta porque vuestro trastero es diferente. —El matrimonio arruga la frente—. Ningún vecino dispone de un trastero de quince metros cuadrados —afirma con un tono entre envidia y admiración—. Pero Calenda lo reservó para él, incluso antes de construir el bloque.

—No le entiendo. ¿Antes de construir el bloque? ¿Cómo es eso posible? —interroga Sergio ante el silencio de Ángela.

—Sí, la chatarrería tenía un enorme sótano debajo. Este terreno lo permite y en la época que construyeron el desguace lo quiso dotar de espacio suficiente para que los empleados aparcaran sus coches. Había cuartos para herramientas, almacenes de paquetería y maquinaria. Cuando derribaron el desguace para construir el bloque, Calenda quiso aprovechar el sótano y las excavadoras limpiaron el terreno con enorme cautela de no dañar la parte subterránea. De hecho, vuestro sótano fue el que decidió que el bloque se construyera con la orientación que tuvo finalmente, porque en un inicio este edificio se tenía que haber levantado más abajo, hacia la calle Pins, pero Calenda utilizó su influencia para que lo construyeran aquí —golpea el suelo con su zapatilla.

—¿Y por qué aquí precisamente? —insiste Sergio.

—Ya os lo he dicho, por el trastero.

Ángela le hace una señal a su marido, desde la espalda de la anciana, tocándose la sien.

—Bueno, señora Claramunt, nosotros ya nos vamos —coge a su marido del brazo.

La anciana se mete dentro de su piso y el matrimonio baja por las escaleras hasta llegar a la calle.

**29.** Nueve años antes

El verano tocaba a su fin. En la costa catalana dicen que si para el 15 de agosto llueve, el verano se ha terminado. Y ese año llovió, y mucho. Rita hacía dos semanas que alquiló el piso en Canet de Mar. Estaba contenta con su nueva vivienda y ese verano en especial fue muy provechoso. Conoció a varios extranjeros, algunos de ellos alemanes de mediana edad que la colmaron de regalos y dinero, mucho dinero. Esos hombres valoraron su presencia y su cultura por encima de su cuerpo y sus dotes en la cama. Durante varias semanas cenó en buenos y caros restaurantes. Bebió champán de quinientos euros la botella en el casino de Peralada y paseó en lujosos yates por las playas de la Costa Brava. No solo ganó dinero, sino que no gastó el que le cogió a Calenda la última vez que lo vio en su trastero. Pero presintió que se avecinaba un invierno largo y duro y tenía que buscar nuevas formas de ingresar dinero antes de que se le agotara.

Una chica que conoció en un pub de Blanes, le dijo que en Calella había un garito donde acudían hombres casados con ganas de pasárselo bien.

—La ventaja de los casados es que no buscan ataduras ni complicaciones —le dijo—. Un casado es lo mejor para tener un rollo. Es rápido y es rentable.

La primera noche que fue a ese pub de Calella, El lagarto verde, lo hizo en compañía de esa chica, Silvia, nunca conoció su apellido. Las dos llegaron en el coche de su amiga a las doce y cuarto de la medianoche del viernes.

—El viernes es el mejor día para los casados —le comentó Silvia recogiéndose el pelo rubio en dos coletas apresuradas—. Y a los casados les encantan las mujeres de aspecto aniñado.

Aparcaron el Renault 11 en la misma puerta del pub y se apearon ataviadas con sendos vestidos cortos y zapatos de tacón. En el interior, Silvia le presentó a dos hombres de Gerona, ambos propietarios de una granja de cerdos. Uno de ellos sobrepasaba la cincuentena y tenía modales de campesino. El otro era sorprendentemente joven y bien parecido. La pugna entre Silvia y Rita consistió en ver quién de las dos se quedaba con el joven. Finalmente, Rita se lo cameló y Enrique cayó rendido ante sus encantos.

Acabaron la noche en un hotel que había en la misma calle del pub, el hotel Brisa. A las cinco de la madrugada, Enrique le dejó dos billetes de cien euros en la mesita de noche y se despidió dándole un beso cariñoso en la frente. Luego, Rita se marchó a su piso en tren, porque no le fue posible contactar con Silvia, ni siquiera su coche estaba donde lo dejó aparcado. De camino, en el tren, tuvo la sensación de haber pasado la noche con un novio.

A la semana siguiente regresó al pub El lagarto verde, pero esta vez lo hizo sola, ya que Silvia había quedado con un hombre de Barcelona, donde dijo que pasaría todo el fin de semana. Rita accedió al pub con la ilusión de que Enrique estuviera allí, pero no lo vio, y tampoco estaba su amigo con el que fue la semana anterior. Se pidió un refresco de naranja y se entretuvo haciendo tiempo en la barra, esperando a ver si ese hombre, del que no tenía más datos, regresaba.

Mientras fumaba pensó en que los excesos de esos dos últimos años le estaban comenzando a pasar factura en su cuerpo y temía perder ese encanto que le permitió elegir ella misma a los clientes. Pese a todo conservaba una estupenda figura. Era delgada, en el último año mucho más. Sus facciones se conservaban hermosas y podía presumir de unas piernas rectas y unos pechos bien colocados. Pero sabía que en no demasiado tiempo esos hombres que se desvivían por ella acabarían por tratarla como lo que en realidad era: una puta. Acodada en la barra pensó en que Silvia tenía razón cuando le dijo que a los casados les gustan las mujeres con aspecto infantil, porque ninguno de los clientes de ese bar se fijó en ella.

Un hombre de unos treinta años se acercó y se situó delante.

—¿Sola? —preguntó de forma escueta.

—Hasta ahora sí —replicó con suficiencia.

El hombre sonrió y llamó con la mano a otro chico de su edad que en ese instante estaba sacando un paquete de tabaco de la máquina. Los dos se parecían tanto que podían pasar por hermanos; aunque Rita pensó que no lo eran.

—Mira, Andrés —se dirigió a su amigo—. Una hermosura solitaria.

Rita sonrió sin mucho ánimo.

—¿Te va bien un trío? —preguntó el tal Andrés cuando se acercó hasta donde estaban ellos. Rita se fijó en la mancha de rosácea de su nariz.

—Depende.

—¿Cuánto?

—Cien por cabeza —respondió sin pensar mucho.

—Mmmm, ¿qué opinas, Alfonso? —le preguntó a su compañero—. Cien por cabeza está bien para el culo terso de esta pecosa.

Por sus palabras, Rita comprendió que pretendían hacer un sándwich con ella.

—A mí me vale —respondió Alfonso.

—Y a mí también —dijo Andrés.

Alfonso era moreno, bastante más alto que la media y llevaba la tez completamente rasurada. Andrés era tirando a rubio y conservaba una sombra de barba que lo embellecía. Antes de salir del pub, uno de los camareros los despidió llamándolos Starsky y Hutch, lo que provocó una mueca alegre en Rita.

—¿Supongo que tendréis un sitio para follar? —preguntó con descaro cuando los tres ya estaban en la calle.

—Claro —respondió Alfonso—. Y veremos si vales esos doscientos que nos vas a sablear.

Acompañaron a Rita por una bocacalle que había en la parte trasera del pub. Desde allí se veía el resplandor del faro de Calella.

—¿Aquí queréis follar? —preguntó algo inquieta.

Los dos sonrieron, pero no respondieron a su pregunta. El

humo de sus cigarrillos se arremolinó y se perdió por una marquesina de color azul oscuro.

—Cualquier lugar es bueno para follar con una guarra —comentó Andrés justo antes de propinarle un puñetazo en el estómago.

Ella se inclinó hacia adelante y su cabeza se golpeó contra un contenedor metálico de basura. Alfonso empujó una puerta grasienta y accedió a un cuarto donde había cartones sucios esparcidos por el suelo, restos de tetrabriks de vino y un desagradable olor a orín.

—Pasa para adentro, puta —gritó Alfonso arrastrándola del pelo—. ¿Qué prefieres? —le preguntó a su compañero—. ¿Coño o culo?

—¿Qué os pasa? Dejadme en paz, cabrones —gritó sintiendo como le resbalaba un reguero de sangre por la frente.

Un puñetazo de Andrés en la mandíbula la derribó al suelo. Mientras se arrastraba para tratar de zafarse y salir de allí, sintió como le arrancaban la falda.

—Culo, quiero culo —gritó Alfonso.

—Y yo también —se animó Andrés.

Alfonso se puso encima y del bolsillo de su pantalón extrajo un tubo de vaselina con el que untó el culo de Rita. Después la penetró con furia. Ella quería gritar, pero Andrés le dijo:

—Será mejor que no grites, guarra de mierda. Será mejor que no grites si no quieres que te matemos aquí mismo y arrojemos tu cadáver al mar. ¿Me captas? —la amenazó mostrándole una pistola que situó a la altura de sus ojos para que ella la viera.

—Joder, tío —exclamó Alfonso—, esta cabrona tiene un culo estupendo. Espera y verás como te lo pasas.

Un ruido en la calle los distrajo. La puerta del cuartucho donde estaban no se podía cerrar al estar medio rota. Rita escuchó el motor de una motocicleta y se alegró al pensar que esos dos se marcharían. Por el resquicio de la puerta vio una sombra. Eran dos chicos jóvenes de unos diecisiete años. Andrés los interceptó antes de que entraran.

—¿Dónde creéis que vais?

—Tranquilo, tío. Solo queremos un lugar tranquilo para fumar.

—Pues id a fumar a otro sitio, aquí ya estoy fumando yo.

—Vale tío, tranquilo —dijo uno de ellos antes de irse.

Rita escuchó el ruido de la motocicleta y como ese sonido se perdía al final del callejón.

—¿Por dónde íbamos? —preguntó Andrés encendiéndose un cigarrillo.

—Por el culo de esta guarra.

## 30. Veintiséis años antes

Gregorio Francia era un arquitecto de origen andaluz, pero afincado en Badalona desde el año 1969, cuando se trasladó con su mujer y su hijo de dos años. Residían en un piso de la calle de Colom, cuyo bloque lo construyó el propio Gregorio, por encargo de una constructora.

En el año 1989 cumplió los cincuenta años y se hallaba en un buen momento, tanto en lo profesional como en lo personal. Se puso en contacto con él un empresario de Mataró, quería hablar acerca del proyecto de construir un edificio sobre un terreno de su propiedad. Los dos concretaron una cita en la granja Rosita, en la plaza Santa Anna. Francia llegó en tren hasta la estación y de allí fue caminando hasta la plaza. Se personó el primero y, como en la calle hacía frío, decidió esperar dentro de la granja. Calenda llegó cinco minutos después, un taxi aparcó en la misma puerta. Mientras pagó, el arquitecto se distrajo observando el vapor blanco que despedía el tubo de escape del Renault 18.

—¿Hace mucho que espera? —le preguntó extendiendo su mano para estrecharla con la suya.

—Cinco minutos —respondió el arquitecto. Seguidamente se fijó en el empresario, observó que vestía elegante, como un maniquí de una tienda de moda.

Calenda lo miró directamente a su ojo derecho, que lo tenía inmóvil. Era más claro que el otro, pero con un brillo apagado. Se dio cuenta enseguida de que era de cristal, pero no se lo comentó para no ofenderlo. Sin tiempo que perder le explicó que había vendido un desguace de coches que ya no le producía beneficio y con el dinero que sacó quería construir un bloque de pisos.

—No muy alto —le dijo—. Tan solo dos plantas.

El empresario le aseguró que no tendría problemas en conseguir los permisos necesarios. Incluso le habló de que se había puesto en contacto con el ayuntamiento para peatonalizar esa calle.

—¿Es una calle comercial? —le preguntó el arquitecto.

—No, al contrario, es una calle tranquila sin apenas comercios. En toda la calle solo hay una tienda de ultramarinos.

—No la peatonalizarán —aseguró—. Solo se peatonalizan las calles comerciales o, y creo que no es el caso, turísticas.

—Lo harán —insistió Calenda con suficiencia—. Lo harán porque la obra la costeo yo. ¿Acepta?

—Acepto. Pero antes debemos concretar ciertos aspectos de la obra. —Francia le explicó las distintas fases de la construcción de un edificio, al mismo tiempo que le requirió la documentación necesaria como contratos, planos o informes medioambientales—. Lo necesito para hacer un cálculo aproximado de todos los gastos. El ayuntamiento debe planificar los cierres de calles durante el tiempo que dure la edificación. Hay que saber si es factible la fontanería, electricidad, alcantarillado y desagües. Con dos alturas no es obligado instalar ascensor, aunque sí es recomendable.

—No lo pondremos —aseguró Calenda—. Que usen las escaleras. ¿Todo debe figurar en los planos?

—No le entiendo —replicó el arquitecto—. Los planos son los planos —anotó sin saber a qué se refería el empresario.

—Me gustaría que hubiera un sótano.

—No hay problema si el terreno lo permite. Aunque como me ha dicho que allí había una chatarrería, supongo que no habrá inconveniente en profundizar en la excavación para construir un sótano.

—Quiero que haya un trastero para cada uno de los pisos. Cuatro en total. Pero además en uno de los trasteros tiene que haber un hueco debajo.

—¿Un hueco? Sigo sin entenderle. ¿Quiere decir un sótano debajo del sótano?

—No es necesario un espacio muy grande. Tan solo un hueco donde pueda caber, por ejemplo, un chifonier.

—Depende del tamaño del chifonier —cuestionó el arquitecto—. ¿Tipo mesita de noche?

—Sí, como el de una habitación de matrimonio, pero grande. De esos de siete cajones y de metro y medio de ancho.

—Supongo que no habrá problema en excavar un par de metros más de lo previsto por debajo del suelo. ¿Un metro y medio de profundidad por dos de ancho sería suficiente?

—Espero que sí.

—¿Cuál es el problema? —El empresario arrugó la boca.

—El problema es que no quiero que ese espacio del que le hablo figure en ningún sitio.

—¿Se refiere a que ese hueco no esté en los planos?

—Veo que me ha entendido. Es muy simple —sonrió—. Quiero un hueco del tamaño que hemos hablado debajo del sótano, tapado con una especie de trampilla, y que no se detalle en ningún plano.

—Sí —aceptó el arquitecto—. Supongo que sí, vamos.

—¿Hay algún problema con eso?

—El terreno —se mordió el labio mientras observó un plano cartográfico que Calenda desplegó sobre la mesa—. Quizá sea una zona excesivamente blandengue y con precipitaciones fuertes y muy continúas es probable que se inunde el sótano.

—¿Y qué ocurre con las otras casas?

—Usted lo ha dicho. En esa calle, por lo que veo, solo hay casas y ninguna, seguramente, tiene sótano. Su bloque será el primero que se construirá en toda la calle de la Ginesta, por lo que habría que emitir un informe de impacto medioambiental del ayuntamiento.

—No se preocupe por eso. Usted dígame qué informes requiere y yo se los conseguiré. —El arquitecto emitió una aparatosa mueca—. Una cosa más, nadie, a excepción de usted y yo, debe saber lo de ese hueco debajo del trastero.

—Bueno —se incomodó el arquitecto—. Lo sabrán los albañiles que se encarguen de perforarlo.

—A eso me refiero, precisamente. No lo sabrá nadie más, porque lo haremos nosotros. Yo le ayudaré para que mientras cavamos el agujero no haya nadie más ahí abajo.

—¿Ha pensado en cómo lo tapará?

—No sé, eso se lo dejo a usted, que para eso es el arquitecto. Imagino que una especie de puerta. Sea lo que sea tiene que estar oculto y se debe abrir y cerrar sin dificultad.

—Entonces lo mejor sería poner el suelo de terrazo con baldosas grandes. Puedo pedir unas de noventa centímetros cuadrados o incluso más grandes y que una de esas baldosas no esté fija y haga de puerta de apertura y cierre.

—¿Aguantará?

—¿Qué tiene que aguantar?

—Me refiero a que si podré poner peso encima.

—Sí, claro. Por dentro estará reforzada de acero y cuando esté cerrada nada desde fuera indicará que ahí hay una abertura. Este tipo de obra se hace mucho, pero generalmente en paredes donde ocultar cajas fuertes.

—Tiene que ser resistente a los saqueos y no solo debe estar oculto, sino que no se tiene que poder acceder de una forma sencilla.

—¿Se refiere a algún tipo de mecanismo de seguridad?

—Veo que nos vamos entendiendo. Sí, un mecanismo de seguridad que impida que alguien no autorizado acceda. Y otro mecanismo, quizá más complicado, que haga que en el supuesto de que alguien trate de violentar su interior, ese mismo artilugio lo proteja.

El arquitecto lo observa consternado y le dirige una mirada interrogativa.

—Ahora no sé si le estoy entendiendo bien, señor Calenda.

—¿No ha visto usted la película Tierra de faraones?

—¿Se refiere a esa en la que al final todos mueren sepultados dentro de la tumba del faraón?

—Esa misma. Quiero que en ese hueco del sótano haya un mecanismo que, en el caso de que alguien trate de violentar el acceso, sepulte el agujero. No se alarme, señor Francia, no quiero asesinar a nadie. Solo anhelo que lo que guarde allí no pueda ser saqueado. La trampilla debe ser un resorte de seguridad que solo se abra o mediante una combinación numérica o mediante una llave. O mejor aún, con las dos cosas a la vez. Así me aseguraré de que en el supuesto de que alguien consiga la llave, si no conoce la combinación no le servirá para nada.

—Me figuro que si la llave está a buen recaudo, no será necesaria la combinación numérica. Por mi experiencia sé que la conjunción de los dos sistemas suele dar problemas a la larga. Una cosa más: ¿Cómo pretende hacer que se sepulte el interior de un agujero de tan solo dos metros cuadrados? —interroga el arquitecto.

—En el interior y alrededor tiene que haber tres depósitos: uno de arena, otro de cemento y un tercero de agua. Cuando se active el mecanismo, abocará la arena mezclada con el cemento y luego el agua. Es importante que las cantidades de todos los ingredientes estén exactamente medidas. Eso creará una pasta que cuando se endurezca sepultará el interior del hueco. ¿Podrá hacerlo?

—Sí, pero necesito tiempo y dinero.

—De lo segundo no se preocupe. De lo primero solo dispone de unos meses, ya que el proyecto del bloque de pisos lo quiero iniciar cuanto antes.

## 31. La cuna

—No aguanto más los ronquidos. No puedo dormir y no dormir me pone de mala leche —le recrimina Ángela a su marido.

Sergio fuma un paquete al día, y eso se transmite en un aumento de los ronquidos nocturnos. Ángela no lo soporta y, aunque comprende que no es culpa suya, dice que de seguir así, sin dormir, acabarán mal. Los dos están muy nerviosos y discuten con facilidad sin necesidad de un pretexto previo.

Una solución que encuentran es la de que Sergio se vaya a dormir a la habitación del niño. A él le parece buena idea, pero es cierto que le horroriza dormir en el mismo sitio donde está esa cuna sacada de una película de vampiros.

—No sé por qué conservamos esa cuna, deberíamos tirarla al contenedor de la basura.

—Qué mal negociante eres —expele Ángela con un tono de voz desagradable—. No hay que ser ningún anticuario para vislumbrar que esa cuna valdrá lo suyo. Lo mejor es esperar a que Aurora fallezca y venderla en una web de objetos de segunda mano. Seguro que le sacamos un buen pellizco.

—Pues la podríamos vender ya.

—No. Todo a su tiempo.

Una mañana de domingo trasladan la cuna al trastero. Hacen tanto ruido que terminan por molestar a la totalidad de los vecinos. A su paso por la primera planta se topan de bruces con una mujer entrada en años y con la cabeza totalmente afeitada. La mujer saluda sonriendo.

—Buenos días.

—Perdón por el ruido —se excusa Ángela—, pero no hemos encontrado otra forma de bajar este trasto al trastero —señala la cuna.

—Es preciosa —admite la mujer—. Hacía mucho tiempo que no veía una de esas.

Por el parecido saben que esa señora es hermana de la vecina del primero derecho, Giselda Barros.

—Estaba en el piso cuando lo compramos —menciona Ángela—. No queremos tirarla, porque nos parece una buena cuna. Pero la dejaremos en el trastero para que no estorbe.

—¿Necesitáis ayuda?

—No se moleste, señora...

—Me llamo Elisa Barros —dice sonriendo—. Soy la hermana de Giselda. —No puede evitar que asome una pizca de coquetería—. Y de verdad que no me importa ayudaros en el traslado de esa cuna.

—No, de verdad —rechaza de nuevo Ángela—. Ya nos apañamos nosotros solos.

La mujer regresa al interior del piso y el matrimonio continúa transportando la cuna. Durante la bajada choca con la puerta del vestíbulo principal y contra la barandilla. Luego se da varios golpes más contra la pared del sótano y finalmente astilla la puerta del propio trastero al chocar contra ella. Pese a los golpes, la cuna sigue aparentemente intacta.

—Buf —resoplan los dos a la vez.

Sergio abre con dificultad la puerta del trastero y busca con la mirada un hueco donde pueda encajar la cuna sin impedir el paso de entrada y salida y sin que pueda dañar los otros muebles, en el supuesto de que se vuelque. Advierte que apenas hay sitio donde colocarla, pero supone que el baúl, que habían desplazado unos días antes, bien puede soportar el peso de la cuna, sin doblarse. El tamaño de ambos es similar, casi idéntico, así que calibra de un vistazo cómo se sostendría la cuna sobre el baúl sin precipitarse contra el suelo.

—¿Ahí lo piensas colocar? —censura Ángela.

—¿Y dónde la colocarías tú? Tanto el baúl como la cuna son de la misma persona, por lo que no habrá inconveniente en que estén uno encima del otro.

—Está bien —acepta la chica mientras se queda pensativa observando el baúl.

Entre los dos agarran la cuna y la balancean mientras la suben hasta colocarla encima del baúl, cubriéndola con una sábana que Sergio coge de una de las estanterías. Se fija que hay unas iniciales bordadas en una esquina, pero no le da importancia.

Al salir del trastero, Sergio resbala los dedos por el lomo del libro que se dio de bruces contra el suelo la noche que vinieron Juan y Maite. Su esposa se da cuenta de su gesto de contrariedad.

—¿Qué es eso?

—Un libro viejo que se cayó la otra noche de la estantería y tuve que recolocarlo en su sitio.

Ángela agarra el libro con sus dedos largos y blancos y lo estira hasta que asoma más de la mitad de la estantería. Al ver la figura del caballo de ajedrez, sus ojos se iluminan. No puede evitar una expresión de sorpresa.

—Joueur d'échecs, de Jacques de Vaucanson —lee en voz alta, en un francés precario—. ¿Qué es?

—Creo que un libro deshojado. O un manual. O un tratado de algo, lo cierto es que no estoy seguro.

—Últimamente no estás seguro de nada —le recrimina mientras pasa unas cuantas páginas—. Esto parece el manuscrito ese de Voynich. ¿Y dices que se cayó de esta estantería?

Sergio la observa sin demasiada atención.

—Sí, ya te lo he dicho. Fue al cerrar la puerta, le debí dar un golpe sin querer.

—¿Quién es Vaucanson?

—Un ingeniero francés que lleva muerto y enterrado hace doscientos años.

—¿Y cómo lo sabes?

—Porque lo busqué en Internet.

—¿Y por qué lo buscaste?

—Porque ya había visto ese libro el otro día cuando se cayó de la estantería, ya te lo he dicho, y tenía curiosidad por saber quién era ese tío. Se te tiene que explicar todo. —Sergio se silencia mientras en su rostro se refleja el asombro. Y se da la vuelta y se dirige a la cuna que habían tapado con la sábana que cogieron de esa estantería—. Las iniciales —dice tocando un bordado que había en una de las esquinas: J.V.

—Jacques de Vaucanson —musita Ángela.

—¿Qué coño hace en este trastero un libro de un ingeniero francés y unas sábanas con sus iniciales? —pregunta Sergio como si fuese un acertijo.

—No tengo ni la más remota idea —responde Ángela—. Sé lo mismo que tú: nada. Supongo que Calenda era un incondicional de las antigüedades y este libro —lo señala con la cabeza— y esas sábanas, formarían parte de su fanatismo. Yo no le daría más importancia.

—El autómata —cuchichea Sergio—. ¿Dónde coño estará?

—¿De qué autómata hablas?

—Del que habla este manual —responde alterado—. Esto —dice pasando las hojas con nerviosismo— es un manual de cómo funciona un autómata. La primera vez que lo vi no le di importancia porque pensaba que no tenía por qué existir. Pero si incluso bordaron las iniciales del inventor en las sábanas es porque es real.

Ángela lo mira con expresión confusa.

—Pero, Sergio, ¿de qué autómata estás hablando?

—Del que construyó el ingeniero francés —afirma eufórico—. ¿No lo ves? Ese chisme debe valer miles de euros.

—Ya, ya —rechaza con desdén—. Los valdrá para el que lo tenga. Nosotros solo tenemos el manual de mantenimiento —sonríe para disgusto de su esposo.

Sergio cabecea inquieto mientras sus ojos desorbitados peinan el interior del trastero.

—¿Dónde puede estar? —pregunta en voz baja.

—Igual está en el interior del baúl —sugiere Ángela con un tono de burla.

—No. Ahí no cabe.

Ángela lo observa con resquemor.

—¿No cabe? ¿Cómo lo sabes?

—Por el dibujo este —dice mostrando una de las litografías del libro, donde se ve un grabado del ajedrecista con las medidas inscritas en el lateral. Tiene el tamaño de un chifonier.

—Oye, Sergio, me estoy comenzando a preocupar —su tez se torna sombría—. Eso es solo un libro. Unas anotaciones sobre un muñeco que ni siquiera tiene que existir. A mí me parece más un proyecto que una realidad. Y de existir —asevera—, tampoco tiene por qué estar aquí. Pero si quieres quedarte tranquilo, podemos forzar el baúl y descartar que esté dentro.

Seguidamente coge un martillo de una de las estanterías. Sergio la observa desconcertado.

—No, no —expele frotando la solapa del libro que sostiene en sus manos, como si fuese un objeto de culto—. No me hagas caso, solo que me ha dado por pensar que quizá ese tío hubiera ocultado parte de su fortuna en el piso o en este trastero.

—Bah, yo creo que ese no dejó nada. Y si tenía dinero ya se lo habrá pateado en vida.

Ángela deja el martillo de nuevo en la estantería.

—¿Y la llave? —pregunta Sergio.

Los ojos de Ángela se iluminan.

—Llave. ¿Qué llave?

—La que hay al final —dice apartando las últimas hojas y dejando al descubierto un hueco en la contraportada del libro.

—La llave —balbucea la chica.

**32.** Veinticuatro años antes

En marzo del año 1991, Calenda se informó acerca de la fabricación de cámaras de fotografiar digitales, sobre las que sentía una especial atracción. Desde siempre fue un apasionado de la fotografía, pero la falta de tiempo libre le impidió dedicarse todo lo que le hubiera gustado. Lo de inmortalizar un instante para poder observarlo las veces que quisiera, para él era tan fascinante como la magia. Llevaba unas semanas dándole vueltas a algo en su cabeza. Al principio le pareció descabellado, pero luego, conforme fue tomando cuerpo la idea, ya no se lo pareció tanto. El propósito le surgió con un problema que tuvo en su desguace tiempo atrás y regresó de nuevo unos años más tarde. Era de esos problemas que si no se zanjaban en su momento, regresaban con más fuerza.

En el año 1986, antes de vender el desguace, tenía muchos empleados, rondando la treintena. La gran mayoría de trabajadores se habían sindicado y supo que convocaban reuniones periódicas, y no siempre en una sala que habilitaron en la empresa, sino que también se reunían en la clandestinidad. En esas reuniones se habló del límite de horas, de los descansos en la jornada, de las vacaciones y de los permisos de Semana Santa o Navidad. El sindicato quería negociar unos días libres a disposición de los trabajadores para necesidades personales. Algo parecido a lo que hizo con los funcionarios el ministro Javier Moscoso.

El líder sindical fue Rodrigo Mendoza. Era un tipo orgulloso, de facciones duras y mirada penetrante. Tenía los cabellos escasos, dispersos en un cráneo que parecía cómicamente estrecho. Calenda advirtió que estaba soliviantando a los trabajadores en su contra. Era un comunista, de esos que dicen que la tierra es para el que la trabaja. Convocó reuniones constantemente. A Calenda le hubiera gustado verlo unos años antes, cuando vivía Franco, alardeando de comunismo. Ese sindicalista arengó a los trabajadores con intención de ponerlos en su contra. Calenda percibió el malestar que imperó entre sus empleados; incluso en los que en tiempos fueron leales. Comenzaron a quejarse del sueldo, del exceso de horas, de las vacaciones y de los permisos de maternidad, las dos únicas mujeres que había empleadas. Calenda fue sorteando como pudo las reivindicaciones sindicales. Les subió el sueldo, aunque no todo lo que pidieron, y redujo la jornada. Pero Mendoza continuó alentando a los trabajadores contra la empresa y ese verano, el de 1986, convocó una huelga que duró todo el mes de junio. Solo seis empleados se mantuvieron fieles, pocos para que el desguace siguiera funcionando, por lo que Calenda se vio obligado a cerrar durante ese mes.

Atrás quedaron los tiempos de bonanza económica y los años en que el desguace era rentable. Sus últimos ahorros, los únicos que aún le quedaban, quiso invertirlos en construir un bloque de pisos donde poder vivir junto a su esposa los últimos años de vida. Inició los planos del bloque, pero sabía que tenía que untar a ciertos empleados del ayuntamiento para que agilizaran algunos trámites. También, la administración autonómica le pidió el tres por ciento de comisión para los permisos de obra. Y ese maldito sindicalista seguía ahí, haciéndole la vida imposible y azuzando a los trabajadores en su contra.

Finalmente, con el dinero que sacó de la venta de los terrenos, le quedó lo suficiente como para construir su bloque. Pero Mendoza no paró de hacerle visitas en su recién estrenado piso. Le dijo que estuvo repasando los documentos de la empresa, cuando funcionaba, y había muchas cosas que no le cuadraban. Le habló de indemnizaciones que no pagó. De seguros que no contrató. De estafas a trabajadores, como la de esa chica que se quedó embarazada y el empresario se las ingenió para echarla sin pagarle ni un duro. Calenda se lo quería quitar de encima. Le dijo que él ya estaba jubilado y que lo pasado, pasado estaba. Le insistió en que ya tenía 64 años y que lo único que quería era vivir en paz. Pero el sindicalista no atendió a razones y le amenazó con llevarlo ante la justicia. A Calenda no le preocupaba el dinero, porque tenía ahorrado lo suficiente como para que a su esposa y a él no les faltase de nada, pero le desasosegaba que le quitaran su bloque de pisos y su reputación. Fue entonces cuando fraguó una idea. Un empleado de su empresa, que siempre se mantuvo fiel hasta los últimos días, le dijo que ese sindicalista tenía un talón de Aquiles, como todo el mundo. Mendoza se veía con una jovencita a la que doblaba la edad en un apartamento que ella tenía en San Pol. Le aseguró que si su esposa lo supiera lo echaba de casa.

—Su mujer es hija de un empresario textil de Canet. Si lo echa de casa, ese no tiene donde caerse muerto.

Calenda sabía que Mendoza tenía cincuenta y ocho años y la chica veinticuatro. Y se le ocurrió tenderle una trampa. Ideó un cebo con el que estaba seguro caería. Solo necesitaba una pequeña inversión, un gasto que lo compensaría cuando se quitara de encima a ese cabrón de sindicalista que quería sangrarlo, aun después del tiempo que pasó desde que se vendió el desguace.

## 33. Bernat

Sergio entra en el turno de tarde de judicial, una de las tres únicas brigadas que aún mantiene competencias en Cataluña, junto con Extranjería e Información. No hay *briefing*, como ocurre en las grandes comisarías, ya que la presencia de la Policía Nacional en Mataró es prácticamente simbólica. Llega a las tres de la tarde, puntual. Pero no hay nadie y el despacho está vacío. Se entretiene en leer los letreros de un destartalado tablón de anuncios que hay colgado en una pared mal pintada. La mayoría son notificaciones sindicales. Hablan de reclamaciones laborales, de equiparación salarial con las policías autonómicas, de chalecos antibalas, de mejores herramientas para trabajar; como pistolas eléctricas. Hay dos anuncios de alquiler de pisos y otro donde se vende un Ford Mondeo con pocos kilómetros.

Sale del despacho y cruza un estrecho pasillo donde hay varias puertas más; una de ellas abierta. Como ve luz, entra. Una policía joven, con el pelo recogido en una coleta y sentada detrás de un escritorio, se abanica con un cuaderno de anillas que sostiene en su mano.

—¿Tú eres el nuevo? —le pregunta ofreciendo una mueca de disgusto.

—Sí. Me llamo Sergio —se presenta acercándose para propinarle dos besos que la chica acepta.

—Me llamo Helena.

—¿Con hache o sin hache?

—Siempre con hache —dice cogiendo un cigarro de un paquete de tabaco que hay sobre la mesa.

—¿Fumáis aquí?

—Sí. Cuando no hay ningún jefe, que es en la mayoría de las ocasiones. Ya sabes, ojos que no ven corazón que no siente. ¿De dónde vienes? —pregunta con voz atiplada.

—De Barcelona.

—Pues vas a notar el cambio, te lo puedo asegurar. Te

aburrirás como un rebaño de ostras. Desde que los mossos cogieron todas las competencias que aquí solo nos rascamos los —baja el tono de voz— huevos. ¿Estás en Información?

—No. En Judicial.

—Ah, bueno. Supongo que hoy vendrá Bernat, es el único catalán de toda la comisaría. Pero estarás bien.

—Te dejo sola un instante y ya te pones a criticarme —escuchan como alguien habla desde la puerta.

—No, Bernat. Solo estaba entreteniendo a tu nuevo compañero hasta que tú llegaras.

—¿Sergio?

—Sí.

—Soy Bernat, de judicial. Tengo entendido que te han destinado a nuestro pequeño, pero bien avenido, grupo de investigación. Aunque investigar, lo que se dice investigar, investigamos poco. Aquí, ya lo irás viendo, todo, o casi todo, lo hacen los mossos.

—¿Y a nosotros que nos queda?

—Los que aún resistimos nos tocamos los huevos. —Sergio mira a Helena y le guiña un ojo. Recuerda que un momento antes ella había utilizado la misma expresión para referirse a lo que hacen en la comisaría de Mataró—. ¿Te apetece un café? Sabrás que aquí es lo primero que se hace cuando se entra a trabajar.

Los dos salen por la puerta del garaje, donde solo hay dos vehículos policiales sin distintivos, y cruzan la calle hasta introducirse en un pequeño bar que hay justo enfrente. En la acera sortean a un mendigo aovillado en el suelo. Sergio trastabilla y está a punto de tirar con sus pies el cuenco de plástico con algunos céntimos dentro.

—Toda comisaría que se precie debe tener un bar enfrente —comenta Bernat dejando las llaves de un coche sobre la barra—. Samuel —se dirige al camarero que limpia distraídamente la barra con un paño húmedo—, te presento a un compañero nuevo, recién llegado de Barcelona. —El hombre restriega la mano en la pernera del pantalón y después se la estrecha. A Sergio le da un asco terrible cuando nota su palma mojada.

Es un tipo curioso, es de esos hombres que se peinan echándose todo el pelo a un lado para que no se note que están calvos. No medirá más de un metro sesenta y es el orgulloso poseedor de una barriga enorme que casi no cabe en el interior del mostrador. En la barra solo hay un hombre que bebe cerveza con gesto cariacontecido. Es prematuramente cano y está de pie y en una pose tan estirada que parece un oficial de marina que se hubiera tragado el sable y no pudiera inclinarse. Todo el local hiede a fritanga, como si se acabara de cocinar una sartén de casquería y no se hubiera ventilado lo suficiente.

—Ah, sí —se dirige a él golpeando con los nudillos el mostrador—, tú eres el que compró el piso de Calenda.

Sergio tuerce el gesto, supone que Mataró no es lo suficientemente grande como para ocultar ciertas cosas.

—Sí. Yo mismo —responde.

—Oh, no le eches cuentas —sonríe Bernat—. Este bar es el centro neurálgico de la comisaría de Mataró y aquí se sabe, se comenta y se habla de todo.

—Ya veo —reconoce incómodo.

—¿Qué tal con el nuevo piso?

—Bien, aunque todavía nos estamos adaptando. Es un piso viejo y hay que hacerle algunos arreglos.

—Sí, y no me extraña —anota Bernat— Ese Calenda era un pirado de cuidado.

—¿Conociste a Calenda?

—¿Anselmo? Sí, solo tienes que ver que yo ya tengo una edad —emite un mohín haciéndose el interesante—, y Calenda se tiró muchos años en Mataró. Lo vi muchas veces, porque viví cerca del bloque donde has comprado el piso; aunque nunca tuve un trato personal con él. ¿Sabes lo de su muerte?

—Sí. Ya sé que murió hará unos diez años en el interior del trastero.

—¿Pero sabes cómo murió?

Sergio se silencia unos instantes mientras el camarero deja

dos tazas sobre la barra.

—Un accidente cuando se le cayó una estantería encima.

—¿Ha venido el Pecas? —le pregunta Bernat al dueño del bar, interrumpiendo la conversación con Sergio.

—Ha estado aquí hace un rato. Me ha dicho que volvería más tarde.

—¿El Pecas?

—Sí. Es un inspector de Judicial que vive en Vista Alegre, aquí cerca. Cuando no está trabajando se pasa el día en el bar. Bueno, y cuando está trabajando también. Como esta tarde no tenemos nada que hacer —restalla los labios en señal de chulería—, en cuanto venga, que vendrá, te lo presento. Él es el que más sabe de la muerte de Calenda, ya que fue el que llevó el caso. Bueno, lo llevó la semana que se investigó, porque poco más se hizo. Durante esa interminable semana, el Pecas...

—¿Por qué le llamáis el Pecas?

—En realidad se llama Alejandro Gamboa, pero tiene la cara como un mapa a causa de una dermatitis noséquémás, y por eso lo llamamos así. Alguna vez nos ha contado alguna curiosidad; aunque creo que sabe más de lo que dice. Calenda pasaba por problemas financieros. Se había vendido todo y se dedicaba a la vida contemplativa, pasando horas en el interior de su, bueno, tú trastero.

—Oye, una cosa —le interrumpe Sergio—. ¿Qué más sabes del crimen?

—Poco más te puedo decir —le dice vaciando el sobre de azúcar en la taza de café—. Solo que al final no se resolvió. O se resolvió mal. Creo que el atestado determinó que fue un suicidio.

—¿Suicidio? Yo tenía entendido que fue un accidente.

—Suicidio, accidente, qué más da. Ya sabes cómo funciona esto de la estadística, prefieren mentir antes que aceptar que no saben qué ocurrió. Concretaron que se había quitado la vida él mismo, dejando abierta la probabilidad de que fuese un accidente doméstico. ¿A quién le importa quién asesinó a Calenda? En el caso de que fuese un asesinato, claro.

—Pues me importa a mí. Porque yo vivo en su piso, duermo en su habitación y visito el trastero donde hallaron su cuerpo.

—Vaya —exclama con un sonido entrecortado—. A mí no me haría ni pizca de gracia.

—Ni a mí. Ni a mí —repite Sergio.

—Mira —dice Bernat mirando hacia la calle—. Por ahí viene el Pecas. Ahora te contará más cosas de la muerte de Calenda. —El camarero posa sobre la barra un vaso de cristal y al lado una botella de Bourbon—. Seguro que con esto lograrás sonsacarle lo que quieras —muestra una amplia sonrisa.

**34.** La cámara digital

Una prostituta joven y una cámara digital. Eso es todo lo que necesitaba Calenda para tenderle una trampa al antiguo sindicalista de su desguace, que no cejó de hacerle la vida imposible con sus continúas y constantes amenazas. Adquirió una cámara Kodak DCS 100, con cuerpo y objetivo de la marca Nikon. La cámara estaba equipada con un disco duro de doscientos megabytes de capacidad, en el que cabían hasta 156 imágenes de 1,3 megapíxeles cada una. La cámara le costó casi cinco millones de pesetas, pero estaba convencido de que el rédito que le podría sacar sería muy superior.

El viernes por la tarde viajó hasta la localidad de Caldes d'Estrac, a siete kilómetros de Mataró. Visitó un puticlub que había en la carretera nacional, cerca de una gasolinera. Era el mes de enero y hacía frío, por lo que se cubrió la cabeza con una gorra de lana y metió la nariz en una bufanda de colores, lo que le hizo irreconocible a ojos de los parroquianos. Sabía que muchos vecinos de Mataró visitaban esa casa de citas. Habló directamente con el dueño del puticlub, un gitano de cuarenta años, originario de Barcelona, con las piernas torcidas y un hombro más alto que otro. Le dijo que necesitaba una chica, pero requirió que pudiera salir fuera del local. El gitano le insistió en que las chicas no podían salir de allí.

—Por su seguridad. Si quiere invitarla a tomar algo, hágalo aquí —recomendó con una voz ligeramente musical.—. Y si ella quiere acostarse con usted, ya que mis chicas son libres de decidir con quién se van a la cama y con quién no, disponemos de habitaciones en la planta de arriba.

—Quiero una mujer joven, de no más de veinticinco años —prosiguió Calenda, obviando el comentario del dueño de la casa de citas—. Y tiene que ser una chica que esté disponible para salir fuera de este club; aunque solo serán unas horas, que podemos concertar con usted, por supuesto.

—Veamos —meditó el gitano limpiando el local con la vista—. Rosa —llamó a una chica de aspecto sudamericano que estaba acodada en la barra—. Ven aquí un momento, por favor.

A Calenda le sorprendió los buenos modales que utilizaba ese chulo con las chicas de su local.

—Dígame, señor Montoya. ¿Qué desea? —se ofreció la chica emplazándose en un colorido panel de vitral, cuya luz malva le arrancó tonalidades brillantes a su rostro.

—Este señor —le dijo mirando a Calenda—, quiere proponerte algo que puede interesarte. Os dejo solos —anunció cuando la chica se sentó delante del cliente.

Rosa era una joven de no más de veinte años. Tenía los ojos negros y el cuerpo entallado en un corpiño que le realzaba su figura. Calenda se fijó que cuando caminó desde la barra, taconeó con mucha práctica sobre unos zapatos altos de tacón de aguja. Esa chica sabía caminar y tenía estilo, como si fuese, o hubiera sido, una modelo de pasarela.

—¿Te apetece tomar algo?

—Un refresco estará bien. ¿Qué es lo que quiere de mí? —preguntó yendo al grano.

—Verás —comenzó a explicarse Calenda—, tengo un amigo al que le debo muchos favores. Y sé que le gustan las chicas jóvenes, como tú —le guiñó un ojo—. Es más joven que yo y me gustaría darle una sorpresa. Pero, para que me entiendas, tiene que ser como un juego y sin que él sepa en ningún momento que ese regalo, que serás tú, es algo premeditado y pactado. —Calenda observó la expresión de los ojos de la chica y creyó que no le estaba entendiendo, por lo que decidió explicarse mejor—. Mi idea es que tenga una relación contigo, pero que piense que es él el que te ha ligado, y no tú, como será finalmente. Yo te pagaré por tu trabajo. Y te pagaré bien.

—¿Cuánto es bien? —consultó con una leve sonrisa dibujada en sus labios amoratados.

—Cien mil pesetas por chupársela a mi amigo.

—Cien mil pesetas es mucho dinero. Nadie paga esa cantidad por una mamada.

—En ese importe va incluido tu silencio. Él, es decir, mi amigo, en ningún momento tiene que saber que yo te he, digamos, contratado para que se la chupes. Tiene que ser algo fluido, como si los dos os hubierais conocido casualmente.

—¿Cómo sé que usted cumplirá el trato?

—Te pagaré la mitad ahora y la otra mitad cuando cumplas tu parte.

—Hay una cosa que no entiendo —dijo sorbiendo un trago del refresco que una camarera gruesa y de pelo recogido en un moño le sirvió—, ¿Por qué quiere que no sepa que usted está detrás, si es un regalo?

—Porque ese es el regalo, que él piense que es capaz de ligar con una chica como tú. Aprecio mucho a mi amigo y quiero que se sienta satisfecho de su propia capacidad de gustarle a una mujer a la que le dobla la edad. —Rosa no le preguntó por su edad, por lo visto eso no era ningún inconveniente—. Será de la siguiente forma, yo tengo un trastero en un bloque de pisos de Mataró. Citaré a mi amigo a una hora de un día determinado. Tú lo esperarás en el sótano, haciéndote pasar por una mujer de la limpieza. En ese sótano poseo un cuarto que está habilitando como si fuera una habitación. Hay un colchón, cuadros, un armario y un par de sillas. Tendrás que ir vestida de forma provocativa, para que él se fije en ti; aunque viéndote ahora estoy seguro de que lo hará. Fingirás ser una mujer de la limpieza y le dirás que yo me he tenido que ausentar un rato, pero regresaré enseguida. Con la excusa de limpiar mi trastero, del que tendrás una copia de la llave, le dirás que pase y que se siente, para hacer tiempo hasta que yo llegue. Lo demás ya te lo puedes imaginar.

—Supongo que sí.

—De la forma que lo hagas es cosa tuya, pero la polla de mi amigo tiene que acabar en tu boca. Ese será mi regalo para él. Esa noche vendré aquí y te daré la mitad de lo pactado: cincuenta mil pesetas.

—...

—¿Ocurre algo?
—Me surgen algunas dudas.
—¿Cómo por ejemplo...?
—¿Qué ocurre si no quiere que se la chupe?
—Oh, no te preocupes por eso. Conozco a mi amigo y en cuanto él se siente en una de las sillas del trastero y tú le bajes la cremallera de su pantalón, podrás hacer con él lo que quieras. Tú solo tienes que chupársela. —La chica cabeceó con expresión aséptica—. Y una cosa más, no te preocupes por un muñeco que hay en el trastero.
—¿Un muñeco?
—Sí, es la figura de un coleccionista al que le tengo mucho aprecio.
—No le entiendo. ¿Por qué me tiene que preocupar?
—No sé, hay gente a la que le dan miedo los muñecos.
—¿No será un payaso?
—No, es un jugador de ajedrez.
—A mí no me dan miedo los ajedrecistas.

## 35. No fue un accidente

—No te vas a creer de lo que me he enterado hoy —le dice Sergio a su esposa, visiblemente nervioso, cuando la halla sentada en el sofá, frente al televisor.

—A ver, cuenta —resopla sin mucho ánimo.

—La tarde en la comisaría no merece ninguna mención especial, en lo referente a la tarea propiamente policial. Si he de ser claro, te diré que es una mierda. Apenas hay agentes de servicio y el desánimo campa a sus anchas, al menos en los que me he cruzado esta tarde. ¿Recuerdas cuándo te decía que en Mataró solo funcionaban tres brigadas, ya que el resto lo habían acaparado los mossos?

—Sí —asiente Ángela.

—Pues es mentira, ya que no funciona nada. Hoy solo había una chica en Extranjería, y estaba pintándose las uñas y jugando en el ordenador. Y en Judicial solo había un compañero: Bernat.

—Con ese nombre debe de ser Catalán.

—Sí, bastante majo. El caso es que lo primero que hemos hecho ha sido ir a un bar.

—Como le corresponde a un buen policía veterano.

—Sí, claro. Pero lo gracioso es que tanto el dueño del bar, como el propio Bernat, ya saben que hemos adquirido el piso de Calenda.

—Menudos chafarderos están hechos.

—Bernat me ha presentado a un inspector de Judicial que llevó la muerte de Calenda. —Ángela abre los ojos de par en par, mostrando cierta incomodidad—. ¿Sabes de qué murió Calenda?

—No lo sé. Pero por tu forma de preguntarlo intuyo que no fue por un accidente en el trastero —le dice alargando el brazo para coger una taza de hierbas humeantes que hay sobre la mesa de cristal, frente al sofá.

—Así es, lo has adivinado. La muerte oficial fue por un accidente, pero sospecho que en realidad lo asesinaron.

—Oh, Sergio, ya comienzas con tus aparatosos intríngulis. Si la versión oficial dice que fue un accidente, ¿qué te hace pensar a ti que no fue así?

—Verás, me ha contado que el atestado policial determinó que el viejo se había caído en el trastero. Y en el accidente se volcó una estantería de madera llena de objetos, algunos pesados, y le abrió la cabeza. Hasta ahí, todo bien...

Sergio deja de hablar y se mantiene pensativo.

—¿Qué ocurre? Te has quedado mudo de repente.

—He leído el atestado.

—Sí, ya me lo has dicho.

—Es un atestado muy pobre, ni siquiera se tomaron declaraciones. El inspector de judicial que llevó el caso es un bacalao de cuidado. Es un pasota, al que en la comisaría de Mataró ya conocen porque pasa de todo. El tío llegó al lugar del accidente y dijo que Calenda había muerto porque se le cayó una estantería encima, y punto. Ni una prueba pericial, más allá del reportaje fotográfico que confeccionó policía científica. Además hay que tener en cuenta que corría el año dos mil cinco, los mossos estaban a punto de quedarse con las competencias de todo en Cataluña. En los policías de aquellos días había desidia y el muerto era un anciano de 78 años. ¿A quién le importa la muerte de un anciano? —se pregunta a sí mismo—. A nadie. Calenda no tiene hijos y su esposa me han dicho que está como las maracas de Machín. He hablado con un compañero de la comisaría que la conoce y me ha dicho que es lo más parecido a una enferma de la religión. Por eso el piso estaba decorado con motivos religiosos, porque esa tía es una devota radical. En el atestado que confeccionó el Pecas...

—¿El Pecas?

—Sí, se llama Alejandro, aunque todos lo conocen como el Pecas, porque tiene la cara llena de manchas rojas. Es un tío mayor, quizá tenga sesenta años, no sé, el caso es que fue el investigador que llevó el caso y no tomó ni una miserable declaración. Ni siquiera preguntó a los vecinos si habían escuchado algún ruido sospechoso o si Calenda había bajado solo al trastero. Nada. Cerró la investigación en falso, y así se quedó durante todos estos años.

—Miedo me das. Pienso que no deberías ser tan fantasioso y dejarte de tonterías. Si como dices, la versión oficial arrojó que el empresario sufrió un accidente, entonces lo mejor es que no le des más vueltas y lo dejes así, como está.

—Sí, pero escucha lo que te quiero decir.

—Te escucho —le dice soplando para enfriar la taza que sostiene en sus manos.

—Dijeron que había sufrido un percance porque estadísticamente era lo mejor. Si en ese instante hubieran afirmado que había sido un asesinato, entonces tendrían que hallar un culpable. Si hay un crimen, es porque hay un criminal. La policía no puede permitir que se queden crímenes sin resolver, porque eso crea alarma en la sociedad. Así que lo que hacen es decir, cuándo no lo han podido resolver, que ha sido una cosa distinta a lo que en realidad ha sido.

Ángela resopla con incomodidad.

—No me gusta eso que dices.

—No te gusta ni a ti ni a nadie, porque es terrible que estas cosas pasen. Pero has de creer que ocurren y más de lo que sería deseable. Calenda era un empresario muy conocido a nivel local. Alguien lo asesina por motivos que desconozco y la policía no tiene más remedio que hallar al asesino para esclarecer el crimen.

—Pero no lo encuentran —interrumpe Ángela.

—Exacto. No lo hallan o no tienen pruebas suficientes para acusar formalmente a nadie, por lo que optan por decir que no fue un asesinato.

—Un suicidio o un accidente.

—Claro. Un suicidio o un accidente son una de las tres formas más sencillas de aclarar una muerte.

—¿Y la otra?

—¿Qué otra?

—Has dicho una de las tres formas y solo has nombrado

dos.

—Ah, sí. La otra es el manido 'ajuste de cuentas'. Cuando asesinan a un hampón en un barrio de mala muerte y se sospecha que ha sido por tema de drogas o prostitución, se suele decir que ha sido un ajuste de cuentas. Y todo arreglado.

—Pero eso es una barbaridad.

—Sí, lo es. Pero es por la estadística. Así la opinión pública está tranquila porque se les engaña diciendo que se han solucionado más delitos de los que realmente se han solucionado.

—Vale, vale. Aceptaré que a ese hombre lo asesinaron y no fue un accidente. Pero... ¿a nosotros qué más nos da? No me irás a decir que ahora te vas a dedicar a investigar un crimen sin resolver porque vivimos en este piso.

—No, me voy a dedicar a investigar la muerte de Anselmo Calenda, porque lo asesinaron en nuestro trastero.

A Ángela se le escapa de su mano la taza que sostiene y se estrella contra el suelo, haciéndose añicos.

—Creo que conocer a ese Pecas no te ha hecho ningún bien.

—Con lo que me ha contado ya tengo para ir tirando. Aún no es tarde, porque de eso solo hace diez años y el delito de homicidio aún no ha prescrito. Sé que cuando Calenda murió no estaba solo, sino que había una chica con él. Era una mujer joven, seguramente una prostituta. Por lo visto el viejo solía llevárselas al trastero. Hay constancia de que al menos en una ocasión extorsionó, o no dejó que lo extorsionaran, fotografiando una de esas citas de un hombre con una prostituta en el trastero, por lo que en algún lugar oculto, que nadie ha hallado aún, tiene que haber una cámara escondida que el viejo usaba para dejar constancia de lo que ocurría.

—¿Una cámara?

—Sí, una cámara de fotos. O de vídeo, porque con el paso de los años quizá se modernizó.

—¿Quieres decir que el día que murió quedó registrado lo que ocurrió en el trastero?

—Sí. Y si encuentro esa cámara o la tarjeta de memoria donde se grabaron las instantáneas, sabremos quién fue su asesino. ¿Te encuentras bien, Ángela?

—No. No me encuentro muy bien. Algo he comido que me ha debido sentar mal.

—Se te nota, cariño. Haces muy mala cara.

## 36. Veintisiete años antes

En el año 1988 hacía dos años que Calenda vendió el desguace, después de un tiempo resistiendo la crisis económica y su mala gestión por la que no supo, o no quiso, reflotar su empresa. Quería hacer un borrón y cuenta nueva y le prometió a su esposa que con el dinero que sacó construiría un bloque de pisos en una parte de los terrenos que fueron de su propiedad.

—Allí seremos felices —le aseguró—. En la calle la Ginesta iniciaremos una nueva etapa.

No tenían hijos ni patrimonio ni propiedades ni negocios, por lo que Anselmo Calenda solo ansiaba vivir en paz el último tramo de su vida y contentar a su esposa, a la que la fragilidad de su memoria era cada vez más patente. Por eso se dedicó a recopilar toda suerte de reliquias, todas falsas, que ornamentaron el piso.

—¿Otra vez de viaje, Anselmo?

—Sí, cariño. Parto mañana mismo para hablar con un comerciante que ha conseguido un trozo de la Vera Cruz.

Y seguidamente le explicaba cómo había contactado con un anticuario italiano y cómo había removido cielo y tierra para hacerse con un pedazo de madera del crucifijo donde fue ejecutado Jesús. Aurora asentía nerviosa a las explicaciones de su esposo y su mirada irradiaba felicidad.

—¿Anselmo, a dónde vas mañana? —le preguntaba pasados unos días.

—Voy a hablar con un coleccionista de antigüedades que ha conseguido la auténtica Lanza Sagrada con la que *Longino* atravesó el cuerpo de Jesús cuando estaba en la cruz.

Calenda siempre regresaba con algún objeto que entregaba a Aurora para que lo almacenara en una habitación que habilitó como santuario privado. La mujer nunca dudó de la autenticidad de esos objetos. Hizo acopio de una corona de espinas, un trozo de Sábana Santa, retazos de las vestimentas de los Reyes Magos, varias monedas de Judas y algunos clavos de la Cruz de Cristo.

Aurora comenzó a perder la cabeza y no distinguía la realidad de la ficción. Se contentaba con ir a misa y visitar constantemente esos objetos que, por extensos, comenzaron a copar todas las habitaciones del piso. Su esposo le prometió que cuando construyera el bloque nuevo, dedicaría una habitación completa para que pudiera almacenar todas esas figuras sagradas.

Calenda era un hombre fuerte y gozaba de una salud pletórica, lo que le facilitó que pudiera mantener relaciones con mujeres jóvenes, a las que conseguía gracias al dinero acumulado durante sus años de empresario. Frecuentaba puticlubs de todas las provincias de Cataluña, en especial de Gerona y Lérida, donde los dueños de esas casas de citas lo esperaban como agua de mayo, por la ingente cantidad de dinero que se dejaba cada vez que los visitaba. Con el pretexto de hallar reliquias para completar la colección de su esposa, viajaba cada fin de semana a esas casas de citas donde cada vez se acostaba con una mujer distinta. Su vida se convirtió en un despilfarro constante.

Conoció a un anticuario de Cassá de la Selva, en Gerona, un día que ese hombre entregó una cesta de fresas a las chicas de una casa de citas. Era un tipo simpático, rechoncho y con la cara sonrosada. El dueño del puticlub se lo presentó a Calenda. Le dijo que era un buen cliente, y mejor amigo. Los dos se cayeron bien enseguida. El anticuario se llamaba Celedonio Martínez. Había nacido en Murcia y se afincó en la provincia de Gerona cuando murieron sus hermanos. Era un hombre emprendedor. Pero cuando lo conoció se dedicaba a dilapidar el poco dinero que le quedó de sus negocios buscando compañía de mujeres jóvenes.

—Soy un manirroto —le aseguró a Calenda.

Pero no quería que esas mujeres lo aceptaran por su dinero, sino que lo que quería es que ellas lo amaran por cómo era. Por eso les llevaba regalos siempre que las visitaba. Unos días portaba una cesta de fresas, otro de melocotones o de naranjas y, a veces, bombones. Era consciente de que para ellas, él solo era un tipo simpático y lo trataban como si fuese un niño. Le daban las gracias y se acostaban con él, pero siempre mediante el pago de la tarifa que tenían estipulada, obsequios aparte. Los regalos nunca rebajaron el precio de los servicios sexuales.

Una noche del mes de marzo, cuando Calenda estaba de viaje de negocios, según le dijo a su mujer, los dos hombres coincidieron en el puticlub de Hostalrich, donde se habían conocido. Eran altas horas de la madrugada y Calenda había reservado una habitación en un hotel de Gerona, dado que al día siguiente tenía que regresar a Mataró. Celedonio le invitó a pasar la noche en su casa, porque, según le dijo, sus hijos se casaron hacía tiempo y ya no vivían con ellos. Su mujer, Carmen, por lo visto no estaba muy bien de salud. Le comentó que había perdido la memoria y que la cabeza se le iba de vez en cuando. Se sinceró, casi llorando, y le dijo que había ocasiones en que ni siquiera lo reconocía.

—No quiero molestarte —se excusó Calenda—. De verdad que no me importa dormir en el hotel de Gerona.

Calenda no le dijo que a su esposa le estaba pasando lo mismo y que cada vez su memoria flaqueaba más.

—No es ninguna molestia, amigo. Ven a mi casa y así te enseñaré mi colección de antigüedades —insistió con una sonrisa en el rostro.

Una fuerza ineluctable empujó al chatarrero a acompañar a ese hombre. Celedonio tenía una casa enorme de dos alturas, cobertizo, garaje y un terreno extenso donde, en tiempos, debió usarse como plantación de maíz. Eran las cuatro de la madrugada y le dijo a Calenda que podía hacer todo el ruido que quisiera, pues no había ningún vecino a varios kilómetros a la redonda.

—¿Y tu esposa?

—No te preocupes por ella —respondió con una mirada que expulsó honestidad—. Otra cosa no, pero cuando duerme no la despierta ni un bombardeo.

Celedonio le mostró la parte trasera de la casa, donde en un garaje inmenso tenía un sinfín de antigüedades que conservaba en avanzado estado de abandono. Calenda se quedó impresionado cuando su recién estrenado amigo abrió la puerta doble de hojas altas. Allí había lámparas, estanterías, espejos, percheros, quinqués, cuberterías, radios, televisores, cajas, cuadros, mesas, cuencos, baúles, alfombras y candelabros.

—¡Madre del amor hermoso! —exclamó—. Jamás había visto una colección tan enorme de antigüedades. Aquí debe haber un dineral en objetos antiguos.

—Lo hay, pero ya nadie quiere nada de esto. La gente de ahora no valora lo auténtico y prefieren comprar en una tienda de chinos, donde todo lo que se vende es un asco. En la actualidad prima lo barato por encima de la calidad.

—Vaya, lo siento. Yo creía que el negocio de las antigüedades era rentable.

—Lo es para las grandes casas de subastas, como esas inglesas que venden cuadros por millones de pesetas. Pero para los pequeños comerciantes, como yo, las antigüedades son una verdadera ruina. Te lo puedo asegurar.

—Me gustaría ayudarte —se ofreció Calenda—. Y me gustaría hacerlo comprándote algo.

El chatarrero pensó en su mujer. Ya que cualquier objeto de ese local sería para ella una reliquia religiosa.

—No te molestes, mi ruina viene de mucho tiempo atrás.

—No es ninguna molestia, al contrario. Me gustaría comprarte alguno de estos objetos. Por ejemplo —señaló con la mano a un baúl de tres cerrojos que había en el suelo, cerca de una vitrina de cristal—. ¿Cuánto cuesta?

—¿El baúl de viajero? Mmmm, déjame pensar. Ese te lo puedo dejar por diez mil pesetas.

—¿Diez mil pesetas? Oh, vamos, estoy seguro de que su precio es mucho mayor.

—No, ese es su precio. Y si lo quieres incluso te puedo regalar ese armario ropero de ahí —dijo señalando hacia un lugar apartado, en el fondo del almacén.

—No aceptaré ningún regalo tuyo —expelió Calenda con seriedad—. Pagaré el precio justo de lo que me lleve. ¿Cuánto por el baúl y el armario?

—Está bien. Los dos valen cincuenta mil pesetas. El armario no tiene nada de especial, pero el baúl sí; es una pieza única.

¿Por qué te has fijado en ese baúl, precisamente?

—Por el tamaño.

—Sí, es cierto. Es un baúl más grande de lo normal.

—Creo que cabrá perfectamente en el piso donde nos vamos a mudar mi esposa y yo. Ese baúl es tan grande que servirá para tapar algún agujero —sonrió sin que Celedonio comprendiera muy bien a qué se refería—. Me los llevo los dos por cincuenta mil pesetas. Mañana enviaré a un transportista para que los traslade a Mataró.

—Deja que yo me encargue del transporte —se ofreció el anticuario.

Los dos hombres salieron del almacén y se despidieron en la puerta, justo al lado de un muñeco que estaba sentado delante de un tablero de ajedrez.

—¿Y eso qué es?

—¿El ajedrecista? Un autómata con una larga historia.

—¿Una historia?

—Bueno, casi todas las antigüedades tienen una historia detrás. Pero esta está ligada a cómo llegó aquí. Lo tengo desde hace al menos veinte años, pero nunca lo he podido vender. —Calenda cabeceó negando—. Sí, porque se lo compré a un francés que estaba pasando apuros económicos. Fue en el año 1967, cuando mi tienda de antigüedades brillaba con luz propia e incluso venían gentes del otro lado de la frontera a comprar y vender. Este trasto lo dejó aquí un tipo al que si viera ahora no le pondría cara, por el tiempo transcurrido, y me pidió si le podía dar algo de dinero para unas deudas que tenía que saldar. Acepté, porque entonces yo tenía dinero de sobra, pero el francés puso como condición que no lo vendiera, debido a que, según aseguró, volvería a recogerlo en cuanto le fuera posible y me devolvería el dinero más la comisión correspondiente. Nunca regresó a por él —señaló hacia el ajedrecista con el dedo índice de su mano derecha.

## 37. Diez años antes

El comisario de Mataró, Gabino Pascual, quiso mantener una segunda reunión más extensa con el inspector Alejandro Gamboa (el Pecas), después de su última conversación, donde lo sorprendió con su tesis sobre por qué no era necesario indagar más en la muerte de Calenda. Era el primer lunes del mes de julio del año 2005 y la mitad de los funcionarios de la comisaría habían iniciado su período vacacional. En esos años las puñaladas traperas entre mandos de la policía estaban al orden del día, ya que la mayoría luchaban por mantener sus plazas en Cataluña y no querían tener que hacer las maletas e irse. Atrás quedó la época donde las plazas que se convocaban en la policía para ir a Cataluña superaban con creces a la de cualquier otra plantilla de España. Había promociones completas donde el setenta por ciento tenía que ir, forzosamente, a Cataluña; en especial Barcelona. Ante la inviabilidad de salir de allí, ya que había policías de Andalucía, Galicia o Extremadura, donde tardarían años en poder regresar a sus casas, muchos conocieron a sus esposas, se casaron y tuvieron hijos. Fundaron sus hogares en la periferia de Barcelona, llenando poblaciones como Badalona, Santa Coloma, Mataró, Granollers o Sabadell. Se sintieron catalanes y compartieron el modo de vida de sus respectivas ciudades de acogida. Pero, con el despliegue de la Policía Autonómica, vieron peligrar sus puestos de trabajo. Y en la policía o la guardia civil un cambio de destino suponía que podían ser enviados a cualquier parte del Estado español. Alejado el miedo al País Vasco, que tantos años planeó sobre todas esas promociones de policías y guardias civiles recién salidos de la academia, entonces el temor era el tener que regresar a sus ciudades de origen. Y tenían miedo porque no regresaban solos, sino que arrastraban con ellos a sus familias. En esos años había mucha confusión y los investigadores se esforzaban en no meter la pata, de la misma manera que los recién llegados, los mossos, se afanaban en no pifiarla en alguna de las investigaciones en las que comenzaron a participar.

—Cierre la puerta —le dijo el comisario al inspector, nada más acceder a su despacho. —Pascual estaba sentado en la silla, frente a su mesa. Ante él había varios montones de papeles que al entrar Gamboa los recolocó en una esquina, como si quisiera despejar la mesa para posar sobre ella una bandeja de pastas de té—. ¿Le apetece un café?

—Se lo agradezco, pero me acabo de tomar uno ahora mismo.

—Quería hablar con usted sobre el asunto Calenda. —Gamboa demudó la expresión de su cara, como si no le apeteciera hablar de ese tema—. Ya he aceptado y dado como válidas sus conclusiones respecto a la investigación de la muerte del chatarrero. Me he leído el Atestado, por cierto muy completo, y comprendo que no hay indicios suficientes como para acusar a nadie de asesinato. Yo entiendo, y así lo ha debido entender la jueza, también, que Calenda falleció por un accidente. Fin del debate. ¿De verdad no quiere un café? También le puedo ofrecer una cerveza —dijo alargando la mano hacía un mueble que había a su derecha. El comisario abrió la puerta y dentro había otra puerta que se correspondía con una pequeña nevera, como la de los hoteles.

—Una cerveza estaría bien —aceptó Gamboa.

El comisario se puso en pie e introdujo la mano dentro de la nevera, extrayendo dos latas de cerveza Estrella. Las posó encima de la mesa, en el espacio que antes ocupaban los papeles que apartó.

—Creo que no tengo vasos limpios.

—No se preocupe. Fui policía antes que inspector y estoy acostumbrado a beber a morro.

—Quería hablar con usted porque hace unos cuantos años, en 1991, si la memoria no me falla, en esta comisaría se estuvo investigando un asunto extraño relacionado con Calenda.

—¿En 1991, dice? De eso ya han pasado catorce años —anotó Gamboa.

—Sí. Pero entonces una información hizo que se abriera

una investigación reservada sobre un asunto que no transcendió. Ni siquiera creo que haya nada en el archivo de esta comisaría sobre ese tema.

—No sé a qué se refiere, pero antes de que siga hablando le tengo que pedir que se explique mejor. En el año 1991 ni usted ni yo estábamos en esta comisaría, por lo que desconozco a qué viene tanto interés.

—Es usted un hombre muy perspicaz, y quisquilloso —comentó el comisario—. Y por eso le explicaré bien a lo que me refiero y usted saque sus propias conclusiones. —Gamboa dio un sorbo a su lata de cerveza—. Como bien ha dicho, en el año 1991 yo no estaba aquí en Mataró, pero era inspector jefe en Barcelona. Entonces estaba destinado en la Jefatura y comandaba un grupo de policía judicial especializado en el delito de extorsión. Un tío de aquí, al que ahora no recuerdo muy bien el apellido, pero de nombre Rodrigo, se había presentado para comunicar unos hechos, pero que no sabía ni por dónde comenzar a explicarse. Fue tal el lío que relató, que los de aquí, entonces un oficial y un subinspector con poca experiencia en investigación, decidieron llamarnos a nosotros. Un policía de mi sección y yo mismo nos desplazamos hasta Mataró para hablar con ese hombre. El tío nos contó que había estado trabajando en el desguace de Calenda, donde fue representante sindical. Por aquel entonces había una treintena de empleados en ese negocio y Calenda no tenía que ser trigo limpio en lo referente al trato con los empleados, como supongo ocurre con muchos de esos empresarios que han querido enriquecerse de forma veloz a costa de los sufridos trabajadores. El sindicalista nos contó una historia de lo más surrealista. Pero, precisamente, por descabellada, había que creerla. Nos dijo que disponía de documentación suficiente como para acusar a Calenda de una cantidad tan grande de delitos que se pasaría el resto de sus días en la cárcel. Pufos a la Agencia Tributaria, defraudaciones, manipulación en las nóminas de los trabajadores, compras y pagos en negro y, el colmo de los colmos, relaciones sexuales con empleadas a cambio de dinero en forma de incremento de sus nóminas. Por lo visto, el sueldo lo repartía según el aprecio que le tuviese al trabajador. Había empleados que cobraban una mierda y otros que cobraban el doble. Nos contó que había contratado dos secretarias solo por su aspecto físico y porque se las tiraba en la oficina. A cambio les pagaba más, y ellas, y él, contentos. El tío se lo había currado y organizó toda esa documentación para entregársela a la justicia. Supongo que a Calenda no lo hubieran podido juzgar por todo, ya que había algunos delitos prescritos, pero el mazazo moral que le supondría sería importante. Pero ese Rodrigo era un tío legal, de los que ya no quedan. Y antes de denunciar fue con la cantinela a Calenda, tratando de convencerlo para que se enmendara. Me dijo que solo le pidió que resarciera a todas esas familias a las que había robado. Era tan legal que se conformaba con que Calenda pidiera disculpas a los treinta empleados que dejó en la calle, sin dinero, y habiéndoles robado parte del sueldo que les correspondía. Lo cierto es que desconozco si tenía razón él o tenía razón Calenda o si lo que hacía uno estaba bien o lo que hacía el otro estaba mal. Nuestra preocupación como policías consistía en que Calenda le tendió una trampa para hacerlo callar, una extorsión. Y, como a eso se dedicaba mi grupo, pues ahí que fuimos de cabeza. Me contó que lo citó un día en el trastero de su recién estrenado piso, en el bloque de la calle de la Ginesta. Nos dijo que cuando llegó, el empresario no estaba y lo atendió una mujer de la limpieza. Luego supo que estaba compinchada con él. La tía se lo cameló y se la chupó allí mismo, en la habitación del trastero. Unos días después, cuando fue a ver a Calenda de nuevo, porque ese día ya no lo vio, este le mostró unas fotografías donde él estaba sentado en una silla del cuarto trastero y esa chica le comía el rabo. Me dijo que Calenda le había dicho que o le dejaba en paz o las hacía públicas. Como el asunto se nos escapaba de las manos y en esos años teníamos casi menos recursos que ahora, y teniendo en cuenta que tan malo era uno, como tonto el otro, finalmente no materializamos ningún atestado que llevar al juzgado y lo fuimos dejando pasar, hasta que todo se olvidó. Recuerdo que el sindicalista mencionó que por la posición de las fotos, que vio cuando Calenda se las mostró, cree, y eso es una de las cosas que más nos chocó, que la cámara estaba oculta en una especie de muñeco que había en el trastero cuando se la chupó aquella tía.

Cuando acabó la explicación, Gamboa propinó el último sorbo a su cerveza y se quedó mirando con ojos confusos el gesto del comisario, que apenas se había movido desde que terminó de hablar.

—¿Ese es el muñeco por el que mostró tanto interés el otro día? ¿El ajedrecista ese?

—Sí. Por lo visto ese muñeco oculta una cámara de fotos y Calenda lo utilizó para extorsionar al sindicalista. Desconozco si lo usó más veces, pero con ese estoy seguro de que sí lo hizo.

—Pues no. Y, como le dije la otra vez, no había ningún muñeco ni nada parecido en ese sótano. En cualquier caso, los hechos de los que me habla son tan antiguos que seguramente habrán prescrito. Quizá si en su momento hubiera pedido una orden de registro, el juez la hubiera autorizado y hubieran hallado ese muñeco.

—Ya lo pensé, pero para pedir una orden hacía falta una denuncia del sindicalista. Y el tío, como comprenderá, no quería problemas. Después de hablar con nosotros, y en vista de las pocas posibilidades de salir bien parado, optó por dejarlo correr.

—¿Por qué me lo cuenta ahora?

—Digamos que es una corazonada de antiguo investigador. ¿Se imagina, inspector, que ese muñeco hubiera estado allí cuando murió Calenda?

—¿Se refiere a que la cámara hubiera fotografiado el crimen?

—Exacto. Seguramente murió como usted dice, sepultado bajo esa estantería, pero si ese monigote hubiera estado allí y su cámara lo hubiera fotografiado, entonces podríamos saber qué ocurrió exactamente. Y, lo más importante, ¿cuántas instantáneas más habrá en su memoria?

—No sé. Todo eso que usted me dice lo veo como muy rebuscado. Yo sigo pensando que esa muerte fue un accidente.

Tampoco hace falta darle tantas vueltas.

—Entonces mejor que no le cuente lo del porno casero —sonrió el comisario dando un sorbo a su cerveza.

—¿Otra sorpresa más? ¿Qué es eso del porno casero?

—Tengo un amigo, o mejor: un conocido, que me ha dicho que de vez en cuando, muy de vez en cuando, visiona páginas de internet donde se ofrecen vídeos de porno casero. ¿Ya sabe? Vídeos hechos por aficionados, como parejas jóvenes que buscan ganar un dinerillo para redondear el sueldo a fin de mes. Lo cierto es que tiene su morbo.

—¿No me ha dicho que quién ve esos vídeos es su amigo?

—Sí, eso he dicho. Y lo de que tiene morbo también me lo ha dicho mi amigo. Ese mismo amigo me comentó hace unas semanas que había visto un vídeo de una prostituta haciéndole una mamada a un abuelo sentado en una silla. El vídeo dura solo tres minutos y lo único que se ve es la espalda de esa tía mientras sube y baja la cabeza, y el torso desnudo del abuelo. Al final, cuando termina, se levanta y entonces se ve el colgajo del abuelete al que se la acaba de chupar. El vídeo ese ha tenido mucho éxito por lo original, ya que no se ve nada hasta que no termina.

—¿Usted lo ha visto?

—Ya le he dicho que no, lo ha visto mi amigo. Y me ha contado que cree que está grabado con una cámara fija, posiblemente oculta, y en el interior de una habitación de trastos.

—¿Un trastero?

—Sí, eso he dicho.

## 38. Obsesión

—Me enfada que vuelvas una y otra vez sobre lo mismo. Estoy un poco harta con este tema. Solo es un cuarto trastero con un baúl lleno de documentos que ni nos va ni nos viene.

—Un cuarto donde murió un tío.

—Un abuelo al que no conocimos —anota Ángela.

—Sí, eso. Al que no conocimos ninguno de los dos. Y si estoy con este tema es porque es nuestro tema, que por algo vivimos aquí.

—No, es tu tema —dice haciendo especial énfasis en el 'tu'—. Estás obsesionado con el trastero y la vida de los Calenda. Y no creo que eso sea de nuestra incumbencia. ¿Y qué si el tío murió ahí abajo? ¿Y qué si fue un suicidio? ¿Y qué si no estaba solo y había alguien más que fue quién le echó la estantería encima? Me hubiera preocupado de que hubiese muerto en nuestra habitación de matrimonio, porque entonces sí que me supondría un inquietante problema el dormir aquí —señala con la cabeza hacia la habitación—. Pero el hecho de que haya muerto en el trastero no nos tiene que afectar, entre otras cosas porque apenas vamos a bajar al sótano. Qué nos importa que la viuda haya dejado un baúl con pertenencias de su marido, si cuando ya no esté ella, lo primero que haremos será deshacernos de él. Es más, y te seré sincera, no pienso ni siquiera abrirlo porque me es completamente indiferente saber qué contiene ese puto baúl de los cojones. —Sergio agacha los hombros y ensombrece su tez—. No quiero ni pensar en lo que estás pensando ahora.

—¿En qué estoy pensando?

—En que la muerte de Calenda es un crimen sin resolver. Y no quiero pensarlo porque no te quiero ver investigando algo que ocurrió hace quince años. A mí no me engañas. Conozco cada uno de los movimientos de tu rostro y esas caídas de ojos queriendo decir algo.

—Diez —rectifica Sergio—. Hace diez años que murió, en

el dos mil cinco.

Sergio se acerca a su esposa y la abraza, no quiere que ella se sienta molesta por su obcecación. Mientras la abraza con dulzura, recuerda el día que la conoció. Ella había entrado con una amiga en la churrería Rosita, en la plaza Santa Anna de Mataró. Recuerda que él estaba sentado frente a uno de los ventanales tomando un cortado. Su amiga y ella se sentaron en la mesa de al lado y lo miraron sonriendo como si les hiciera gracia que él estuviera allí, solo. Ángela se dirigió a él y le dijo que lo conocía; aunque no recordaba de qué. Sergio le dijo que no lo podía conocer porque él no era de Mataró, sino de Barcelona. Entonces las dos chicas le dijeron que ellas también eran de Barcelona e iniciaron una conversación. En apenas veinte minutos los tres se habían sentado en la misma mesa y Sergio les dijo que las invitaba a merendar.

—Tienes que hacerme caso y olvidarte de ese tío —insiste Ángela—. El recuerdo de ese chatarrero solo hará que traernos desgracias.

Sergio se separa de su esposa y la mira directamente a los ojos.

—¿Desgracias? ¿Qué clase de desgracias?

Ángela recompone su expresión.

—Es una forma de hablar. Quiero decir que las obsesiones no son buenas y tú tienes una fijación con Calenda. Accedí a comprar este piso porque me pareció que por ese precio nunca podríamos adquirir nada mejor. Lo del baúl del trastero es una estupidez de vieja, porque ese trasto ya tendría que estar en el contenedor de basura.

—No sé explicártelo, Ángela, pero creo que el hecho de haber comprado este piso es una señal.

—¿Una señal?

—Sí, eso. Una señal.

—¿Una señal de qué? ¿De qué coño hablas? Me estoy poniendo muy nerviosa contigo.

—Una señal de que Calenda murió asesinado y el destino

quiso que su piso y el trastero lo comprara un policía.

—No, Sergio, no es ninguna señal. Es una puta coincidencia de tantas que hay en la vida. Una asquerosa coincidencia que ha conjugado el universo para hacer que no puedas pensar en otra cosa que en la muerte de ese tío que no conocimos y que para nosotros tanto da que esté muerto o no. Murió en ese trastero hace diez años y sabes que en el momento de su muerte en el mundo estaban ocurriendo muchas cosas, porque constantemente ocurren cosas. Mientras ese tío agonizaba ahí abajo, estaban naciendo niños, y se pudo reencarnar en alguno de ellos —expele con ironía—. Se estaban casando parejas, había otras personas que morían, mujeres que violaban, accidentes de tráfico y hospitales donde en ese instante entraban por la puerta moribundos a los que la muerte les estaba esperando. Cada instante de la vida ocurren cosas y no hay más coincidencias que las que queramos buscar nosotros. Mira, Sergio —le dice acercándose a él—. No te quiero desanimar, pero lo mejor es que te olvides de este asunto. En nada nos va a beneficiar saber si Calenda murió de un accidente o lo mataron o se suicidó o lo que sea que fuese lo que pasó en el trastero esa tarde. No nos concierne, de verdad. Olvídalo antes de que esa idea te consuma. —Lo mira con desconcierto—. ¿Dime que no sospechas de alguien?

—No —balancea la cabeza negando enérgicamente.

—A mí no me engañas. ¿De quién sospechas?

—Creo que se lo cargó su sobrina, Rita.

—¿Rita? ¿Y por qué Rita? Estás cegado con esa chica.

—Para robarle. Ese tío no tenía un puto duro en el banco, por lo que era de esos viejos chapados a la antigua que guardan todo el dinero debajo de una baldosa.

—Entonces, el dinero sigue aquí —comenta Ángela.

—¿Aquí?

—Sí. ¿No dices que Calenda guardaba el dinero debajo de una baldosa? Pues en ese caso sería en una baldosa de su piso. Y nosotros estamos ahora en su piso —afirma.

—Pero aquí no hay ningún lugar donde guardar nada —

sonríe Sergio—. A no ser que sea en el trastero. ¿El baúl?

—Vamos, Sergio. En ese baúl solo hay documentos de una empresa que cerró hace un millón de años. Si ese Calenda era tan desconfiado y avaro, no tiene ningún sentido que guardara su fortuna en un arcón que cualquiera puede abrir o trasladar. La lógica dice que en estos casos el dinero se guarda en un lugar inamovible, para que, en el caso de hallarlo, sea complicado moverlo.

—Me asustas, Ángela.

—¿Yo?

—Sí. A veces hablas como una auténtica policía. Yo creo que tienes alma de agente de la ley y deberías plantearte presentarte a las pruebas de acceso. Aún estás a tiempo.

—La policía no es para mí, ya lo sabes. Y deberías olvidarte un poco de ese tío y dedicarte más a nuestra nueva vida y a mí —afirma quitándose los pantalones vaqueros y dejándolos doblados en el respaldo de una silla del comedor. Sus piernas bronceadas resplandecen bajo las tres bombillas del techo del salón.

—*A la taula i al llit, al primer crit* —pronuncia en catalán, antes de acompañar a Ángela hasta la habitación.

## 39. Rita

A mediados del mes de septiembre de 2006, Rita salió de la visita de la ginecóloga de Canet de Mar, donde la doctora le insistió para que denunciara la agresión sexual que ella se empeñó en negar.

—Mira, Rita —le dijo con tono maternal—. No me creo que esas lesiones te las haya hecho tu novio. Si te han agredido lo debes denunciar en la policía.

Rita era consciente de que denunciar a esos hombres que la violaron le traería problemas. No podía olvidar que ella se acostaba por dinero y esos hombres le pagaron después de forzarla. ¿Quién la iba a creer? En un primer arrebato se quiso vengar y a la semana siguiente de la agresión sexual regresó una noche para, ocultándose entre los coches aparcados, tratar de ver a esos dos tipos que abusaron de ella. No sabía con qué intenciones fue hasta allí ni qué podía hacer contra esos dos, pero albergaba la esperanza de verlos de nuevo y luego ya se le ocurriría qué hacer. Pero no los vio y supuso que ellos no regresarían más. Quizá tenían miedo de que los denunciara o era posible que fuesen unos clientes nómadas que solo hubieran ido una vez a ese pub; aunque creía recordar que los camareros los conocían.

Durante ese tiempo su única preocupación fue la muerte de su tío. Pero ya había pasado más de un año y si la policía no dio con el asesino, ya no lo haría. Entonces supo que o avanzaba hacia adelante o sucumbía. Lo de ser modelo había quedado en una ilusión que ahora ya estaba tan distante como el recuerdo de un sueño horas después de despertar. Y ganar dinero acostándose o acompañando a hombres le había comenzado a pasar factura y no podría hacerlo durante mucho más tiempo. Consideró que todavía no era tarde y podía trabajar en una empresa de lo que fuese. Y con el dinero que sacara de sus primeros sueldos incluso podría matricularse en una carrera y obtener un título que le facilitaría emplearse en un trabajo digno.

Durante unos días compró varios periódicos locales y regionales y leyó las ofertas de empleo. El verano agonizaba y apenas había empleos en la hostelería, donde podía trabajar como camarera en algún bar de la costa. Una empresa de conservas de Vilasar de Mar buscaba empleados. Solicitaban el currículo y decían que valorarían experiencia en el sector. Ella no tenía carné de coche, por lo que difícilmente podía trabajar como comercial, pero por probar no perdía nada. En un locutorio le dejaron un ordenador con el que confeccionó un currículo extenso y lleno de mentiras. Todo lo que dijo que había hecho, no lo había hecho jamás, pero sabía que nadie comprobaba los currículos. Añadió que tenía el nivel exigido de catalán y dilatada experiencia en el sector. Lo más importante fue la fotografía que puso en la parte de arriba. Visitó un fotógrafo de Canet y no se marchó hasta que no la sacó guapa; aunque el fotógrafo le dijo que estaba estupenda. Se sintió animada, porque dio por hecho que lo podía conseguir.

El poco dinero que cogió de la trampilla del sótano ya se lo había gastado y después del tiempo transcurrido desde que muriera su tío, nadie, que supiera, sabía de ese lugar oculto. La única que podía saberlo era su tía Aurora, pero si hasta la fecha no lo había dicho, es que quizá ni siquiera Calenda se lo dijo a ella. Entonces el ajedrecista seguía allí, oculto, consumiéndose en el olvido. El manual que le entregó el arquitecto a Calenda, donde explicaba cómo funcionaba la trampilla, lo deshojó y rompió cada una de esas hojas en varios trozos y los repartió por distintas papeleras de Mataró, por lo que era imposible reconstruirlo. Y la llave del mecanismo de cierre la destruyó al igual que hiciera con los compañeros del colegio cuando era una niña y colocaban pesetas en los raíles del tren y esperaban a que las ruedas de hierro pasaran por encima y desfiguraran la cara del Rey. En un lugar indeterminado del trayecto del tren entre Mataró y Llavaneras dejó la llave en uno de los raíles y se ocultó entre las rocas del espigón hasta que pasó el tren y deformó la llave, inutilizándola. Lamentó no haber accionado el mecanismo ideado por el arquitecto para soterrar indefinidamente al autómata, pero sin la llave ya no era posible hacerlo. Pensó que Autora moriría en no demasiados años y seguramente el piso acabaría vendiéndose y los nuevos propietarios quizá algún día tendrían que hacer alguna reforma en el trastero y entonces sabrían lo del hueco donde estaba oculto el ajedrecista. Ese temor que comenzó a perseguirla, sabedora de que un asesinato no prescribía hasta que no hubieran pasado veinte años, por lo menos, le hizo plantearse que en un futuro no muy lejano podría adquirir el piso de Calenda y así desvanecer cualquier posibilidad de que alguien indagara en lo que ocurrió en ese trastero.

## 40. En la actualidad

Al día siguiente, cuando Sergio termina la jornada, se reúne con los compañeros de la comisaría en una cervecería de la calle Santa Teresa, donde le aseguran que se suelen reunir casi todos los fines de semana, al acabar el servicio. Lo de los policías que se juntan para conversar y beber es una excelente terapia que ayuda a sobrellevar el duro trabajo policial. Allí están la totalidad de los agentes del turno de tarde, incluidos los de Extranjería, Información y Policía Judicial, y Bernat solicita media docena de jarras de cerveza que se dispone a servir en la mesa, actuando como barman. Solo hay una mujer: Helena. Algunos policías comentan que es algo rara. Sergio la observa. Piensa que la chica le saca un excelente partido a una esplendorosa melena de color caoba que descansa en unos hombros redondos. A unos labios pequeños y perfilados. Y a un cuerpo atlético. Ella está hablando con el policía que se ha sentado a su derecha y Sergio resbala los ojos por su traje chaqueta hecho a medida. Debajo asoma una camiseta de color beige que no puede ocultar que se dibujen los dos botones de sus pezones.

—¿Les sirven? —Le distrae una camarera que asoma por su espalda.

—No. Bueno, sí —balbucea Sergio—. Nuestro amigo está en la barra pidiendo unas cervezas.

La camarera se da media vuelta y se encamina a la mesa de al lado. En su mano sostiene una libreta con la que va tomando nota de los pedidos. Es una morena de pelo corto y liso, peinado a lo chico. Sergio se fija que viste unas mallas ajustadas que perfilan unas piernas rectas.

—Esa tía se machaca en el gimnasio que hay en la calle de atrás de nuestro cuartel al menos tres horas al día —escucha que comenta alguien. Sergio se gira y ve que es un compañero de seguridad, de los pocos y únicos uniformados que aún quedan en la comisaría de Mataró—. Eso sin contar las carreras que se pega los fines de semana, participando en cuantos eventos deportivos se convocan por todo el Maresme —añade.

En ese instante regresa Bernat desde la barra, sosteniendo en ambas manos una bandeja repleta de jarras de cerveza.

—Si me ayudáis igual no se caen —bromea.

Sergio se pone en pie y coge una a una las jarras, posándolas sobre la mesa.

—Y yo que creía que los deportistas como tú no bebían —le dice Helena sonriendo en tono burlesco. Su voz suena tan dulce como una flauta de pan.

—Bueno, un poco de cerveza va bien para la salud —alega Sergio.

—Uy, uy, uy —interviene Bernat en la conversación—. No hables con este hombre que es peligroso.

Sergio conforma una mueca de disgusto.

—¿Peligroso? —pregunta la chica.

—Sí. O es que no sabes —dice mirando a Helena—, que es el boyante propietario del piso de Calenda.

A Helena no parece hacerle gracia ese comentario, porque tanto Sergio como Bernat se dan cuenta de que demuda su expresión.

—Ah, vaya —escupe con cierto desprecio—. Así que has sido tú el que compró el piso del chatarrero.

—Culpable —dice sin saber qué decir—. Culpable de haber comprado un piso del que no sabía que se había cometido un crimen en el trastero.

Helena mira directamente a los ojos de Bernat, como si se hubiera sentido traicionada por una infidelidad.

—¿Crimen? ¿Qué crimen? Calenda se suicidó —dice con rabia.

—Yo no le he dicho nada —sonríe Bernat con malicia—. Lo de la teoría del asesinato la ha desarrollado él solo.

—¿De qué habláis? —Se interesa otro de los policías.

—Del crimen de Calenda —responde Bernat.

—Ves como has dicho crimen —anota Sergio—. De hecho siempre que comentáis algo de la muerte de Calenda, aludís a que fue un crimen y no un suicidio o un accidente.

—¿Y tú por qué crees que fue un asesinato y no un suicidio? —le pregunta Helena a Sergio.

—Yo no creo nada —se defiende—. Yo solo repito lo que vosotros decís.

—¿Has visto algo en el trastero de tu piso que te haga sospechar? —insiste la chica.

—De momento nada.

—Uf, de momento nada —repite sus palabras Bernat—. Eso quiere decir que igual hay algo que ver.

Comienzan a emparejarse para conversar. Sergio se sienta frente a Helena. La chica propina un trago a la jarra de cerveza y se limpia la espuma que le queda en los labios pasándose la lengua en un gesto que le resulta excitante.

—No sabía que el piso de Calenda estaba a la venta —le dice Helena—. Incluso había pensado que desde que el tío murió en el trastero, ese piso se cerraría hasta que llegaran las excavadoras para derribar el bloque.

—No pueden derribarlo —contraviene Sergio—, porque en ese bloque residen tres familias, además de nosotros. Y lo del crimen creo que aún está por ver.

—Me es igual —dice con desprecio—. Ese tío merecía que lo asesinaran.

Sergio le da un sorbo a la cerveza, momento que aprovecha para meditar sobre si le interesa seguir con esa conversación. En los ojos de su acompañante percibe un cierto odio hacia el empresario.

—¿Se lo merecía?

—Sí. Los babosos que se creen los amos de todo lo que ven, no se merecen otra cosa que la muerte.

Sergio recapacita en la palabra que acaba de mencionar Helena. Por lo que sabe sobre ese término, un baboso es un tío repugnante al que le gusta asediar y acosar a las mujeres. No cree que hubiera utilizado esa expresión de forma casual, sino que la chica es consciente de su significado.

—¿Por qué dices que es un baboso?
—¿Conoces mucho a esa familia?
—Nada. No los conozco de nada. ¿Por qué?
—No, por nada. No sea que vaya a decir algo que no deba decir. Calenda tenía una sobrina...
—¿Rita?
—Exacto, Rita. ¿La conoces?
—No. Solo de oídas. Hace unos días me pareció verla en la calle.
—¿A Rita? Es imposible, hace nueve años que desapareció.
—¿Murió?
—No creo; aunque no lo sé. Lo que sí sé es que hace mucho tiempo que no la veo, es posible que esté fuera.
—¿De España?
—Sí. O por el sur, ya te digo que no lo sé.
—¿Erais amigas?
—Sí, lo éramos. Nos conocimos de crías, ya que solo nos llevamos tres años. Ella tendría, o tiene ahora, 28, y yo tengo 25. Por si no sabías mi edad. —Sergio sonríe—. Tengo un hermano mayor que yo, actualmente tiene 28, la misma edad que ella, y hubo un tiempo que los dos estuvieron tonteando; aunque nada serio. Un día Rita le contó que Calenda había intentado propasarse con ella cuando tenía catorce años. Estoy segura de que no mintió, es repugnante que un abuelo de setenta años quisiese mantener relaciones con una niña.

—Es asqueroso —atina a decir Sergio—. Pero supongo que Rita lo denunciaría.

—¿Denunciar? ¿Cómo se va a denunciar a alguien tan conocido como Calenda? Creo que no has tomado conciencia del mundo en que nos desenvolvemos. La gente poderosa se cubre entre ellos y se tapan cualquier fechoría. Una denuncia contra él no hubiera llegado muy lejos.

—No es la primera vez que oigo hablar de Calenda como

si fuese una especie de emperador, cuando no era más que un modesto empresario, propietario de un desguace de coches.

—No obvies que su chatarrería era la más importante de todo el Maresme y el tío tenía muchos contactos. Pero después de todo, su destino fue el mejor destino al que puede aspirar alguien tan indeseable.

—La muerte.

—Sí, la muerte.

Helena se ausenta para ir al servicio. Sergio se queda ensimismado observando a una camarera que recorre la barra de un lado hacia otro, mientras sirve a los clientes. Es tan menuda que cree que no tendrá más de diecisiete años. Parece una niña. Pero su mirada es adulta y ve síntomas de alguna corrupción interior que le arrancó en su momento cualquier vestigio de juventud. Tiene el cabello rubio. La mandíbula triangular, como la de una boxeadora. Pero lo que le llama la atención, son los ojos, ya que parecen de vidrio, como si fueran de un muñeco de trapo. La observa porque quizá esa chica es Rita. Cualquier chica puede ser Rita.

## 41. Nueve años antes

Una ola de frío recorrió la costa catalana durante todo el mes de noviembre de 2006. Las previsiones meteorológicas acertaron y el frío entró en Cataluña por la costa de Gerona y se desplazó hacia Barcelona. Las temperaturas extremas hicieron que se helaran los hogares.

Rita residía en un piso de alquiler en Canet de Mar, donde los alquileres eran más económicos que en Mataró. Vivía sola desde que unos meses antes falleciera su padre, en la residencia de Vilasar. Tenía veinte años y apenas le quedaba dinero del que le cogió a Calenda. No le quedaba nada, ni siquiera dignidad. Pero en las últimas semanas se centró en olvidar la agresión que sufrió en el pub de Calella, se sentía humillada y solo tenía ganas de llorar. Se retrasó un mes en el pago del alquiler. El dueño del piso, un tipo de esos que no te dirigen la palabra a menos que te necesiten para algo, le dijo que no se podía retrasar en el pago, porque él también tenía muchos gastos. No quería problemas porque persistía el miedo a que la acusaran de la muerte de Calenda. Para ella fue un calvario todas las ocasiones en que la citó la policía. Cuando le tomaron declaración. Todas esas preguntas que quiso responder para no sentirse culpable. Todo ese acoso de los agentes, en especial ese que tenía la cara grabada y llena de pecas, cuando le preguntó dónde estuvo cuando murió su tío. Cómo era la relación con él. Si sabía si tenía enemigos. Si tenía acreedores. Amantes. O quién podía odiarlo tanto como para asesinarlo en el trastero de su piso.

Esa mañana se levantó temprano. Tenía una cita con una empresa de conservas de Vilasar, donde semanas antes envió su currículo. Se subió a lomos de la Yamaha YBR 125 que le regaló Josep Lluis Barbier. Hacía frío y su ropa apenas sobrellevó el gélido vapor que subía desde el depósito rojo de la motocicleta. Tenía los nudillos congelados, porque sus guantes no conseguían evitar que se colara el aire glacial de la costa de San Pol. Hasta Vilasar solo había media hora. Tan solo tenía que recorrer la carretera de la costa hasta Calella y acceder desde allí a la autopista de peaje. Pero no tenía dinero, y el poco que tenía lo reservaba para comer. Evitó el peaje y circuló por la carretera nacional hasta Mataró, y allí cogió la variante hacia Vilasar. Eran las nueve y media y tenía que estar en la empresa de conservas a las diez, por lo que no podía perder tiempo en dudar en el trayecto. A mitad de camino leyó el letrero de la entrada a Mataró. Aminoró la marcha para que no la pillara el radar de la variante. Un coche cambió de carril sin poner el intermitente. Se vio obligada a hacer un giro brusco y la moto se inclinó demasiado. Lo último que recordó es como su casco rozó el alquitrán, mientras un ruido insoportable se le incrustó en el cerebro.

Escuchó sonidos lejanos de voces, como si todo lo que ocurriera a su alrededor no tuviera que ver con ella. En su mente recreó conversaciones con personas que hacía años que se fueron. Amigos de la infancia. Una maestra muy amable de Primaria. Un chico con el que estuvo saliendo unas semanas, hasta que ella se cansó de él. Los sueños de ser una gran modelo y ganar mucho dinero para curar el cáncer de su madre. La muerte. El dolor y la desesperación. Vio a su tía Aurora consumirse en la locura. Y rememoró aquella tarde en el interior del trastero. Recordó como Calenda le pagaba por verla desnuda, por verla humillada. La inmundicia de ese hombre que nunca fue capaz de hacer nada por altruismo, sino que todo lo que hacía estaba motivado por un interés propio. Pero todos esos recuerdos fueron sueños dilatados en una cama de hospital, mientras el tiempo transcurría con lentitud. Escuchó una voz que le trajo recuerdos afables de la infancia. Era una voz nostálgica, cargada de un romanticismo perdido. Esa voz se dirigía a alguien que estaba allí con ella. Eran dos voces conversando en un espacio abierto. Un hombre, al que no distinguió, y una mujer, a la que su voz le inspiró ternura.

Estaba sentada en la cama. Había varias personas con ella, pero no reconoció a ninguna. Un doctor hablaba mientras notó como con una mano revestida en látex le movía la cabeza. Estaba cubierta de vendas y el médico se las quitaba lentamente. Le preguntó si sentía algo, pero ella no sentía nada. Solo incertidumbre.

—Se ha hecho lo que se ha podido —habló el doctor con una voz grave, pero al mismo tiempo complaciente—. Sufriste un accidente. Pero...

—Déjeme a mí —escuchó como alguien hablaba detrás del médico—. Yo me encargo.

Vio sombras que se evadían en una oscuridad mustia. Como si estuviera en una discoteca donde las ráfagas de luz apuntaban hacia todas partes y los rostros se entreveían como figuras grotescas moviéndose al compás de una melodía brusca. Hacía calor. Y sintió frío. Y miedo.

—Hola, Rita —habló una voz femenina—. Soy la psicóloga Inma Soler. ¿Me escuchas? Si lo haces, por favor, balancea levemente la cabeza asintiendo.

Rita sintió como si todo el peso del mundo cayera sobre su nariz. No podía ver. Era como si dentro de sus ojos se hubiera incrustado un trozo de hierro incandescente y la estuviera quemando por dentro. Balanceó la cabeza porque distinguió la voz de esa mujer en la penumbra de la habitación del hospital.

—Los doctores han trabajado duro —le dijo—, pero no solo te han salvado la vida, sino que te han dado un rostro. ¿Entiendes lo que te digo? —Rita balanceó la cabeza—. Hoy es martes por la mañana —pronunció con voz fuerte y clara—. Mañana, miércoles, regresaré de nuevo y te mostraré quién eres ahora. Quiero que durante el día de hoy comas lo que te traiga la enfermera. Quiero que lo engullas. Quiero que estés tranquila y que no pienses en nada, solo en los buenos recuerdos que conserves. ¿Tienes novio? —Rita movió la cabeza negando—. ¿Tus padres? —Volvió a negar—. Está bien, no te preocupes por nada ni por nadie. Mañana regresaré y hablaremos largo y tendido de tu nueva situación.

Y antes de despedirse le acarició el brazo con una mano tan cálida que Rita creyó que le estaba tocando un fluorescente encendido.

## 42. El ajedrecista

Sonó el timbre del piso que los Calenda tenían en la avenida Gatassa. Era el mes de abril del año 1988 y Aurora estaba sentada en el salón, viendo la telenovela Los ricos también lloran. En su falda reposaba un ejemplar de la revista Hola, que ojeaba de tanto en tanto mientras miraba la televisión. Anselmo estaba sentado en una butaca que había al lado de la ventana. Leía una novela de Henry Miller. De vez en cuando miraba hacia la calle, el cielo se había tornado plomizo y amenazaba lluvia. Calenda recordó el refranero español que decía *Son de abril las aguas mil*. Desde que se mudaran a Mataró, ningún año faltó la lluvia a su promesa de mojar las calles durante todo ese mes. Anselmo dejó el libro sobre una mesita y se dirigió a la puerta. Descolgó el interfono y preguntó:

—¿Quién es?
—¿Señor Calenda? ¿Anselmo Calenda?
—Sí. ¿Quién es?
—Soy de la empresa de transportes de Girona. Le traigo tres paquetes.
—¿Está seguro? ¿No será un error?
—No creo —rechazó—. En el albarán de entrega indica su nombre y esta dirección.

Calenda comprendió que eran los objetos que adquirió en Cassá de la Selva. Abrió la puerta con el botón del interfono, se calzó los zapatos y bajó en el ascensor hasta el vestíbulo. Cuando llegó, en el umbral había un chico joven de aspecto magrebí, vistiendo pantalones vaqueros ajustados y un polo azul con el logotipo de la empresa bordado en color rojo.

—Le decía que hay un error porque yo solo adquirí dos objetos —aseguró Calenda, contemplando los tres bultos que el transportista descargó en la puerta.

—Aquí tiene —respondió leyendo el albarán de entrega—. Un baúl de tres cerrojos, un mueble licorera y el otro paquete no indica qué contiene.

—Los dos primeros los reconozco —aceptó Calenda—. Pero... ¿qué hay en esa caja grande?

—Tratándose de Celedonio Martínez —mencionó al anticuario—, no debe extrañarle que sea un obsequio, porque tiene por costumbre añadir regalos en las compras que entrega. ¿Dónde quiere que los deje?

—Pues si no le importa subirlo al piso, se lo agradeceré.

El transportista observó por encima de los hombros de Calenda y comprobó que había un ascensor. Respiró aliviado. Uno a uno arrastró los paquetes por el rellano y los dejó al lado de la puerta del elevador. Metió el paquete grande, ya que ocupaba todo el espacio y no cabían los otros dos.

—Suba usted —le dijo Calenda—. Déjelo en la puerta de mi piso, el cuarto izquierda, que yo me quedaré aquí vigilando, no sea que pase algún amigo de lo ajeno y le dé por llevarse algo.

Cuando el transportista terminó de subir los tres paquetes, en tres viajes distintos de ascensor, los dos se juntaron de nuevo en el vestíbulo. Calenda firmó el recibí y lo despidió. El chico se marchó silbando ufano, como si se hubiera desprendido de un gran peso.

—¿Qué es eso? —le preguntó su esposa desde la puerta del salón. La mujer se quedó perpleja frente a los paquetes del pasillo.

—Unos regalos que adquirí hace unos días para ti —le dijo—. Un baúl de tres cerrojos que te vendrá muy bien para guardar ropa y un mueble licorera donde podremos meter alguna botella de licor para agasajar a nuestros invitados.

—¿Y esa caja grande?

—Pues la verdad es que aún no lo sé —respondió con media sonrisa—. Pero saldremos de dudas inmediatamente.

Anselmo cogió un martillo que utilizaba para colgar cuadros y le dio unos cuantos golpes para desatrancar la tapa de la caja de madera. En uno de los golpes se dañó una uña y profirió un grito que asustó a su esposa.

—Ten cuidado. A ver si te vas a matar con un martillo.

Cuando Calenda retiró la tapa superior de la caja, y una de las tapas frontales, no dio crédito a lo que vio.

—¿Y ese muñeco? —le preguntó Aurora.

Calenda comprendió que el anticuario se lo quiso regalar. Pero no podía aceptarlo porque tenía que ser un objeto muy valioso. Y además recordó cómo le explicó que perteneció a un francés que lo entregó a cambio de una fianza.

—Es un error —respondió—. Te he comprado ese baúl y el mueble licorera, pero este muñeco es un error del vendedor. Lo llamaré ahora mismo para decirle que envíe a alguien a retirarlo.

Su esposa no lo escuchó, estaba haciendo sitio en una de las habitaciones para poder meter el baúl y el mueble licorera. Parecía una niña reordenando su habitación para albergar más juguetes.

—Tengo unas ganas terribles de que esté terminado el bloque de pisos para poder almacenar todos estos objetos en el trastero ese que me has prometido —le dijo desde la habitación.

—Sí. Sí. Pero para eso aún faltan un par de años, así que vete acostumbrando a que de momento no compraré nada más, porque no tenemos espacio suficiente para tantas cosas.

Calenda descolgó el teléfono y con el dedo marcó el número del anticuario. Después de cuatro tonos de llamada, alguien respondió al otro lado.

—Sí.

—¿Celedonio Martínez?

—No. ¿Quién pregunta por él?

—Soy Anselmo Calenda. Quería hablar con el señor Martínez sobre un pedido que me acaba de llegar.

—Lo siento —se disculpó su interlocutor con cierta congoja—. El señor Martínez ha muerto y ahora no le podremos atender hasta pasados unos días. Yo soy un amigo de la familia y espero que comprenda la situación por la que estamos pasando.

—¿Muerto? Vaya, no sabe cuánto lo siento.

Su esposa siguió enfrascada desplegando un par de sábanas que había en los laterales del muñeco para protegerlo durante el transporte. Ni siquiera cayó en la cuenta que estaban bordadas con unas iniciales: J.V.

## 43. Helena

—Creo que a Calenda lo asesinaron y también creo saber quién fue el asesino —le dice Sergio a su esposa.

—Ahora sí que estoy convencida de que desvarías. Me estoy comenzando a cansar de tus conspiraciones que no hacen más que incomodarme. No sé si recuerdas que vivimos en este piso y no me parece muy buena idea el ir aireando la muerte de ese hombre, sobre todo cuando aseguras que lo asesinaron en nuestro trastero. Créeme, Sergio, lo mejor es que te olvides de este asunto y dejes de escarbar en un hecho que ni nos concierne ni nos interesa. Creo que ya quedó claro la última vez que hablamos sobre ello.

—Sí, Ángela. Pero este asunto me está reconcomiendo por dentro y no pararé hasta que no sepa qué paso esa tarde en el trastero.

—Veamos, cariño —le dice sonriendo—. Al empresario ese lo asesinaron o se suicidó o se accidentó, hace diez años. Desconozco si el baúl ya estaba en el trastero para entonces, pero en cualquier caso vamos a suponer que sí estaba allí abajo cuando lo asesinaron, suicidó o se tropezó. ¿Acaso no crees que la policía lo miró y remiró?

—Sí, tienes razón. Hemos de pensar que los investigadores peinaron e indagaron en todos los rincones del trastero y del piso. Y no solo de nuestro trastero, sino en todos los trasteros de alrededor, en los otros tres. Según nos dijo doña Trinidad, el baúl ese lleva ahí muchos años, seguramente más de los que hace que murió Calenda. En ese caso la policía ya lo debió abrir para husmear en su interior. Pero...

—Pero ya sé lo que me vas a decir, que por qué no lo abrimos y así salimos de dudas.

—Así es, Ángela. Esas tres cerraduras son tres cerrojos de mierda que se pueden abrir con unos alicates. La señora Trinidad no tiene por qué saber que lo hemos abierto, ya que yo lo volvería a dejar igual que estaba. Además ella no va a regresar al trastero, porque el trastero es de nuestra propiedad. Cuando Aurora fallezca, la notaría nos entregará las tres llaves del arcón, pero nadie entrará en el trastero para saber si ya lo hemos abierto o no.

—Espera, espera... Ya que veo que al final vas a abrir el baúl sí o sí, lo mejor que puedes hacer es preguntarle a quién más sabrá de eso.

—¿A Aurora?

—Sí. La podrías visitar en la residencia y así hablar con ella y que te cuente lo que sabe.

Sergio arruga el gesto.

—¿Te parece buena idea? ¿Qué esperas que me diga?

—Igual te dice que fue ella quién asesinó a su marido —suelta una risotada al terminar de hablar.

—Pues no me parece motivo de burla.

—Deja que te pregunte una cosa.

—Adelante.

—¿Crees que su cadáver está ahí abajo?

—No —niega con la cabeza—. Hay constancia de que se enterró su cuerpo.

—¿Asesinado, suicidado o accidentado?

—Vale, aceptaré suicidio o accidente como hipótesis más correcta.

—Y ahora que ya has aceptado que Calenda se pudo suicidar o accidentar, entonces... ¿qué más da cómo fue? ¿Cuántos años tenía?

—Creo que ochenta.

—Ochenta años —resopla Ángela—. Son muchos años para cualquier persona. Quizá estaba enfermo y por eso decidió quitarse la vida. O es posible que ya nada del mundo terrenal le satisficiera. No has de olvidar que fue un hombre que lo tuvo todo en vida y por eso llegó un momento en que quiso apartarse al no poder aspirar a nada más.

—Ahí es a dónde quería llegar yo, a lo de que ese hombre lo tenía todo. La otra tarde, en la rutinaria ronda de cervezas con los compañeros de la policía, una compañera me dijo que Calenda quiso abusar de su sobrina.

—¿Compañera? ¿Qué compañera?

—Helena.

—Helena —repite Ángela como si la conociera—. ¿Qué sabe ella de Rita?

—Parece que bastante, porque su hermano estuvo saliendo con ella un tiempo.

—No has de creer todo lo que te digan, la gente tiende a confundirse con el paso de los años. No creo que Rita y ese Víctor mantuvieran una relación seria. Y mucho menos que ella le contara algún secreto de Calenda.

—Pues me lo ha contado muy convencida —insiste Sergio.

—Ahora sí que no te comprendo. Por lo que dices, entonces crees que Calenda se suicidó por culpa de su sobrina.

—Es una hipótesis.

—No, es una tontería. Porque en ese caso sería más justo pensar que fue Rita la que lo asesinó en venganza porque él quiso abusar de ella cuando era pequeña.

—Lo ves, ahora ya has conseguido que mi teoría del asesinato tome forma y ya tengo un culpable.

—Vamos, Sergio, no ves que te estoy tomando el pelo. Si fuese verdad que a Calenda lo hubieran asesinado y que las sospechas recayeran sobre su sobrina, entonces los investigadores de esos días ya habrían barajado esa probabilidad.

—No necesariamente. Sé como funciona esto y me temo que lo que ocurrió es que no se quiso investigar por la importancia mediática del empresario. Hubiera sido un mazazo informativo que a Calenda lo hubiera asesinado su sobrina al tratar de zafarse de su acoso o por una venganza personal. La versión del suicidio o del accidente era la más factible y sencilla para acallar la controversia que hubiera podido surgir. Cada vez estoy más convencido de que a Calenda lo asesinó su sobrina en el trastero tirándole una pesada estantería por encima. Y me huelo que tanto Trinidad como Aurora lo saben y en el baúl está la prueba. Por eso no quieren que lo abramos hasta que haya muerto la esposa de Calenda, porque entonces tanto dará que se sepa o no, al no vivir la principal encubridora del crimen. Eso explicaría por qué desapareció Rita.

Cuando termina de hablar, Ángela se lo queda mirando con expresión consternada. Su sonrisa se marchita y se torna quejumbrosa.

—Creo que te has vuelto totalmente loco. Pero no te lo diré hasta que no esté segura de que todo eso que elucubras es descabellado.

—Por cierto, ¿de qué conoces a mi compañera de trabajo, Helena?

Ángela lo mira con inseguridad.

—Yo no conozco a esa chica de nada. ¿Qué te hace pensar lo contrario?

—Antes has mencionado a su hermano y has dicho que se llama Víctor.

—¿Yo? Pues lo habré dicho por decir, porque jamás he visto a esa chica. Ni a su hermano, por supuesto.

## 44. Veintisiete años antes

Era el año 1988 y el mes de abril llegaba a su fin. Anselmo Calenda estaba emocionado con la construcción del bloque de pisos de la calle de la Ginesta. Ya tenía los planos del arquitecto y gestionó los permisos necesarios. Ese sería su bloque. Allí, en el segundo derecha, podrá vivir con su esposa hasta sus últimos días y sabía que disponía de los ahorros necesarios como para que no les faltase de nada.

Aurora comenzó a manifestar síntomas de enajenación mental y olvidaba con frecuencia hechos cotidianos. Su esposo pensó que quizá tenía Alzheimer. Pero Aurora era demasiado joven aún, porque solo tenía 61 años. Lo único que la reconfortaba era el acopio de objetos antiguos relacionados con la religión, su gran pasión. El piso de la avenida Gatassa tenía cuatro habitaciones y dos de ellas estaban llenas de antigüedades que se repartían en varios muebles y estanterías. Además había cuadros en la galería y en uno de los dos cuartos de baño.

—Esta mañana he visto a mi hermano —le dijo a su marido en un instante que los dos coincidieron en la cocina.

—¿Qué tal está?

—Mal, para qué te voy a decir otra cosa. Hace unos meses que está en paro y no encuentra trabajo.

—Pues dile que no desespere, ya que hace un par de años anunciaron que Barcelona será la próxima sede de los Juegos Olímpicos y habrá trabajo a punta de pala. Tu hermano aún es joven, solo tiene 58 años, y todavía vale para cargar carros de arena en las numerosas obras que habrá en toda la provincia. ¿Sabes si ha preguntado en Badalona? Tengo entendido que allí van a construir un pabellón olímpico donde jugarán los partidos de baloncesto.

—Ya se lo diré, pero está muy preocupado por Rita. Solo tiene un año y ya sabes lo que se preocupan los padres por sus hijos.

—Pues no lo sé, porque nosotros no tenemos hijos. Pero me lo figuro.

Sobre la mesa de la cocina estaba la prensa de ese día. Anselmo sostenía una taza de café en su mano y le daba pequeños sorbos mientras miraba con dulzura a su esposa.

—Siento no haberte dado hijos, pero Dios así lo ha querido.

—Ya sabes lo que pienso yo de Dios —reprochó—. Pero creo que las cosas no suceden porque sí y hay algo, lo que sea, que se encarga de regular este universo desastroso. —Aurora lo miró con desasosiego—. Seguramente tienes razón y no hemos tenido hijos porque hubiéramos sido unos padres calamitosos. Y hemos acabado en Mataró porque en su momento huimos de nuestra tierra por miedo. La gente no entiende a los que son distintos y trata por todos los medios de hundirlos para que sean como ellos. Ya intuíamos que si el desguace funcionaba, enseguida surgiría una cohorte de envidiosos que harían todo lo posible para arrebatarme lo que con mi esfuerzo he ganado. No me fío de nadie, y es lo mejor que puedo hacer.

—Pero no todo el mundo es malo —trató de apaciguarlo su esposa al ver que estaba muy excitado.

—Ya lo sé. Claro que no todo el mundo es malo, pero el mal se contagia más rápido que una gripe. Basta acercarte a alguien malo para acabar siendo como él. ¿Nunca te has preguntado por qué después de tantos años de trabajo, y después de vender el desguace, nos vamos a mudar a un piso humilde en un barrio alejado del centro? —Aurora negó con la cabeza—. Para no ostentar —se respondió a sí mismo—. La ostentación es la miel que atrae a las moscas de la codicia. Esos buitres carroñeros planean por su propia inmundicia buscando a quién es más feliz que ellos, y entonces se desviven por destruirlo. El secreto consiste en que no te vean. Que no sepan que eres mejor que ellos y que las cosas te van bien. —Aurora observó a su marido con expresión consternada, nunca lo había visto tan encolerizado—. Tenemos el dinero suficiente para que a ti y a mí no nos falte de nada. Y a los demás que les den por saco; incluso a tu hermano, su mujer o su hija. ¿Lo sabes, verdad? Sabes que nos moriremos un día de estos y yo no quiero acabar en una residencia de ancianos viendo como los parientes vienen a vernos como sabandijas rastreras a sacarnos la sangre. Por eso no tenemos dinero en el banco, para que nadie sepa que tenemos dinero. Y si alguien llega a saber que tenemos dinero ahorrado y quiere quitárnoslo, antes de eso lo sepulto.

—Estás muy enfadado, Anselmo. No sé qué te pasa, pero no me gusta verte así.

—Hay muchas cosas que debería contarte. Pero es mejor que no las sepas porque en ello está nuestro futuro.

—¿Tiene que ver con ese extraño muñeco que te han traído de Gerona?

—¿El ajedrecista? No, no tiene nada que ver. Ese autómata es un regalo de un hombre al que conocí en uno de mis viajes. Esto tiene que ver con los ahorros de toda nuestra vida, quiero que estén a salvo por si algún día los necesitamos y no quiero que nadie sepa dónde están.

—¿Ni siquiera yo?

—Ni siquiera tú. Solo recuerda que si algún día me pasa algo, tengo un accidente, me muero de un infarto o me asesinan, debes bajar al trastero de la que será nuestra nueva vivienda y...

—¿Qué, Anselmo? ¿Qué es lo que ibas a decirme?

—Nada, Aurora. Aún es pronto para eso. Hay que esperar a que construyan el bloque de pisos y entonces te diré cómo protegeré nuestros ahorros. Es como los faraones del antiguo Egipto, solo que a nosotros no nos pasará como a ellos, que los saquearon y les despojaron de toda su riqueza.

—Ay, Anselmo, hablas como un loco.

—No te preocupes ahora, porque no hay nada de que preocuparse.

Al dejar la taza en la mesa, pasó la primera página del diario y leyó un titular que lo dejó frío como el café que se acababa de tomar. Un anticuario de Cassá de la Selva, Celedonio Martínez, asesinó a su esposa después de que ella arrastrara una larga enfermedad. En la noticia dicen que después de matar a su esposa se suicidó.

—¿Qué te ocurre? Parece que hayas visto un fantasma.

—Ha muerto la persona que me regaló el autómata —dijo mirando el muñeco que había en el salón de su casa.

—Me estás asustando.

—Ese autómata era propiedad de este hombre —señaló con un dedo el titular de la prensa—. Me lo regaló después de comprarle algún objeto de su colección.

—Pero ahí dice que se ha suicidado.

—Sí. Quizá ya estaba harto de vivir.

—Eso es horrible. Se ha suicidado después de asesinar a su esposa porque arrastraba una larga enfermedad degenerativa. ¿Te das cuenta? Es como si fuésemos nosotros. Espero que eso no nos pase.

—No nos pasará, Aurora —la tranquilizó acariciando su mejilla—. No nos pasará porque yo a ti te quiero.

—Según explica la noticia, él la mató precisamente porque la quería. Para que no siguiera sufriendo. Y luego se suicidó para que no lo condenaran por ello.

—Por amor también se mata —dijo Calenda mirando de reojo al autómata, cuyo rostro parecía emitir una inapreciable sonrisa.

## 45. Sergio

Un viernes por la mañana, Sergio llama por teléfono al móvil de Ángela y le pregunta si puede invitar a comer a un compañero de trabajo.

—¿Un compañero? No me habías dicho nada de que tenías pensado invitar a un policía a comer.

—Sí —se explica Sergio—, es un tío muy majo. Lo conocí el día que me presenté en la comisaría y ahora le han pasado al turno de mañana, solo por hoy, ya que coincidimos los dos turnos en una investigación. Andrés es de Calella y cuando se tiene que quedar en Mataró suele comer en un restaurante del paseo marítimo. Y me ha dado cosa decirle que coma solo y había pensado en acompañarle. Pero como no tenemos que regresar a la comisaría hasta las cinco y media de la tarde y sabiendo que luego la sobremesa se nos hará muy larga, he decidido que podía comer con nosotros. ¿Qué te parece, espero que no te importe?

—Por mí no hay problema, pero hoy no tenía pensado hacer nada especial de comer. Creo que tengo algún tarro de judías y podía comprar tres entrecots para acompañarlas.

—No te preocupes. De camino a casa paso por el supermercado y compraré tres pizzas y las cocinaremos en el horno. Estoy seguro de que al compañero no le importará comer pizza.

Ángela está tendiendo una colada en el balcón cuando Sergio grita desde la puerta.

—¡Ángela, ya estamos aquí! —Su rostro se desencaja, como si en ese instante sintiera un profundo dolor que le atenazara la garganta—. Mira —le dice su marido—. Te presento a Andrés, un compañero de Calella que ha estado toda la semana en nuestro grupo.

Ángela le estrecha la mano, evitando su cara cuando el invitado quiere darle un beso como forma de saludo. Andrés está acostumbrado a ese rechazo, ya que la enorme mancha de rosácea de su nariz no es agradable a la vista.

—¿Todo bien? —le pregunta su marido al verla tan contrariada.

—Sí. Lo que pasa es que debo haber cogido un enfriamiento y no quiero pegárselo a tu compañero —fuerza una sonrisa.

—Voy a hacer las pizzas. —Muestra una bolsa con tres paquetes de pizza congelada.

Sergio se adentra en la cocina y Andrés se sienta en el sofá del salón.

—¿Se puede fumar aquí? —consulta.

—Sí —responde Ángela—. Pero con el balcón abierto.

—Tenéis un piso muy cuco —dice para romper el hielo—. Y además está en buen barrio.

—El único inconveniente es que no tiene ascensor —comenta Ángela.

—Mejor, así hacéis deporte cada día —dice observando sin disimulo las piernas desnudas de la chica—. Es gracias a pisos como este que uno entrena cada vez que baja o sube —sonríe.

—Toma —dice Sergio saliendo de la cocina con una botella de cerveza en la mano y entregándosela a Andrés—. Enseguida estarán las pizzas. ¿Quieres un botellín? —le pregunta a Ángela.

—No —niega tajante.

—Sabes —profiere el invitado—, creo que contigo haría buenas migas en el trabajo. En nuestra profesión es muy importante el compañero con el que vayas. Antes de entrar en Judicial estuve muchos años en patrullas, cuando nosotros —dice refiriéndose a la policía nacional—, teníamos la competencia de la seguridad ciudadana. Por aquel entonces, Alfonso y yo éramos unos paloteros. ¿Sabes lo que es un *palotero*? —le pregunta a Ángela mirándola directamente a los ojos. —La chica balancea la cabeza negando—. Veo que tu marido no te alecciona en el argot policial —sonríe abriendo la boca por completo—. Un palotero es el que más detenidos hace de una comisaría y, por lo tanto, el que más trabaja y mejor visto está por los jefes.

—Tú debes querer decir un pelota —comenta sarcástica.

—Ahí te ha dado —se burla Sergio.

—Touché —acepta el pitorreo con deportividad—. Llámalo como quieras, pero en definitiva se trata de hacer nuestro trabajo, que para eso nos pagan. Por aquel entonces —habla con nostalgia— a mi compañero y a mí nos conocían como Starsky y Hutch. Yo era el rubio, y Alfonso el moreno. —La expresión de Ángela se endurece.

—¿Dónde está Alfonso? —se interesa.

—Murió.

—Vaya, lo siento —lamenta con cortesía.

—Sí, murió en el portal de su casa, en la calle Rosselló, cuando algún hijo de puta que se la tendría jurada le disparó a bocajarro tres tiros una noche cuando regresaba a su piso. Lo investigamos hasta la saciedad, pero tuvo que ser un grupo organizado y nunca se supo ni quiénes fueron ni por qué motivo lo hicieron. Han pasado ya ocho años —le dice a Sergio—, y todavía lo recuerdo como si fuese ayer.

—Bueno, os dejo —se disculpa Ángela—. Me acabo de acordar de que esta tarde tengo que terminar de revisar unas joyas para una boda.

—¿Te vas? —le pregunta su marido.

—Sí, con la visita de tu compañero se me ha pasado que esta tarde tengo que regresar a la joyería.

—¿Joyera? Vaya, esa es una profesión de ricos —comenta el invitado—. ¿Dónde trabajas?

—En la joyería Minerva, de la calle Barcelona.

—Pues cuando tenga que comprar alguna joya, ya sé a dónde iré.

—¿Estás casado? —le pregunta Ángela.

—Lo estuve. Pero mi mujer se cansó de mí y me abandonó —dice haciéndose el gracioso.

—Bueno, no creo que un tío como tú, tan abierto, tenga problemas para encontrar pareja. Estoy seguro de que en Calella debe haber un montón de sitios donde ligar. —Sergio arruga la frente, no comprende el comentario de su esposa.

—Bueno, Calella es el paraíso del ligoteo. ¿Has ido por allí? —El invitado se pone a la defensiva.

—Ahora hace tiempo que no. Pero sí, conozco bien aquella zona.

—Vaya —interviene Sergio—. Debo felicitarte, Andrés, ya que en unos minutos estás arrancando más secretos a mi esposa que yo en todos estos años de noviazgo y matrimonio.

—Supongo que irías por la Quadra y el Bon Lloc, ¿no? —interroga Sergio.

—Unos clásicos —acepta Ángela—. Y también iba por El lagarto verde. ¿Lo conoces?

—Sí, claro —balbucea—. El lagarto verde es un icono de la noche de Calella.

La expresión del invitado se congela entre la jovialidad y el enfado. Por un momento parece un memo, mientras trata de adaptarse a la nueva situación creada.

—¿Ibas por allí antes de que te abandonara tu mujer o después?

—Ángela, ¿qué ocurre? —se interesa su esposo—. ¿Os conocíais de antes? —les pregunta a los dos. No me está gustando esta conversación.

—No, claro que no —responde Ángela—. ¿De qué coño nos íbamos a conocer tu compañero y yo?

## 46. Trece años antes

Rita tenía 15 años y hacía dos años que murió su madre, Lucero. Un mes antes falleció su hermano, Salvador. Su hermano murió sin saber que su madre estaba enferma y su madre murió sin saber que su hijo había muerto. Su padre, Matías, no alcanzó a comprender el resultado de esas muertes y enloqueció.

Dado que Rita era menor de edad, la comunidad autónoma tenía que hacerse cargo de su tutela. Pero Aurora lo rechazó de forma tajante.

—Quiero que Rita venga a vivir con nosotros —le suplicó a su marido—. Ahora es como si fuese nuestra hija.

Anselmo no se oponía a que Rita se fuese a vivir con ellos, pero le recordó a su mujer que ese piso lo construyeron para vivir ellos dos solos, por lo que el hecho de que hubiera una tercera persona les limitaría mucho el espacio libre.

—No me importa —aseguró Aurora—. Es mi familia y por tanto tengo la obligación de acogerla.

Calenda planeó vender el piso que tenían los padres de Rita en la calle Matheu y, según la legislación, ingresaría el dinero en una cuenta a nombre de su sobrina, quedándose como albacea hasta que ella alcanzase la mayoría de edad, para lo que aún faltaban tres años. Calculó que cuando Matías ingresara en una residencia, algo que haría en cuanto hubiera plazas, necesitaría dinero para costear lo que la Generalitat no cubriera.

Rita era una niña rebelde, pero sentía un gran afecto por su tía Aurora, a la que veía como una mujer desvalida. Ese fue el motivo por el que aceptó trasladarse a vivir al piso de la calle de la Ginesta. Se alojó en la habitación pequeña, donde el matrimonio almacenó reliquias religiosas. Durmió frente a una cuna antigua cubierta por una cortina de color blanco, de la que Aurora no quiso desprenderse, y le dejaron un espacio pequeño en un armario lleno de figuras de santos para que colocara su ropa.

Ese año comenzó a tontear con algunos chicos. Conoció a

Víctor, por el que se sintió atraída. Víctor era uno de esos mozos que aparentaba más edad de la que realmente tenía. Era más alto de la media y tenía unos brazos fuertes y unas manos grandes. El tiempo que duró el noviazgo incluso la llevó en alguna ocasión a su casa, cuando no estaban sus padres, e hicieron el amor en su habitación, con las paredes repletas de pósteres del episodio II de Star Wars, película por la que ese chico sentía una atracción irrefrenable.

Víctor tenía una hermana menor que él, Helena. Y, al igual que su hermano, no aparentaba la edad que tenía, ya que Helena, con tan solo doce años, ya se comportaba como una chica de más edad. Rita se sentía a gusto con ellos, a los que contemplaba como un ejemplo de lo que era una familia unida.

Un día, cuando los dos estaban sentados en el portal del piso de los padres de Víctor, en la avenida América, Rita se sinceró con él. Necesitaba hacerlo, y le contó el suplicio que estaba padeciendo en casa de sus tíos.

—Mi tío Anselmo es un hijo de la gran puta —le aseguró propinando una fuerte calada al cigarrillo que sostenía en su mano temblorosa.

—Pues se le ve buena persona —rebatió Víctor.

Entonces, Rita le contó que cada vez que los dos, su tío y ella, se quedaban solos en el piso, porque Aurora salía a comprar, él aprovechaba para tocarle el culo o frotarse con ella cuando la pillaba desprevenida.

—Pero si tu tío debe tener al menos ochenta años.

—Setenta y cinco —puntualizó Rita—. Pero, créeme, es un cabrón de cuidado.

—¿Y tu tía qué dice?

—Mi tía está empezando a perder la cabeza y ya casi no se entera de nada. Ni siquiera sospecha que el cabrón de su marido es un putero.

—Lo que no sé es cómo se le puede levantar con sus años.

—Ni lo sé ni me importa, pero yo no quiero estar ni un día más con ellos.

—Si quieres un consejo, lo mejor que puedes hacer es ponerle las cosas claras. Dile que como te vuelva a tocar lo denunciarás a la policía. Ya verás como con eso se acojona. No sabes lo que supondría para alguien como Calenda que su jeta saliera en la prensa por ser un corruptor de menores.

—Yo lo que quiero es independizarme. Ganar el dinero suficiente como para no tener que ver nada con él y marcharme a vivir por mi cuenta. No me mires así —le recriminó Rita.

—¿Cómo te miro?

—Así, como si te diera lástima. No necesito que nadie se apiade de mí, como si fuese vulnerable. Soy autosuficiente y lo voy a demostrar. Ya verás cuando gane tanto dinero que no necesite la ayuda de nadie y pueda irme a vivir a una casa en la calle de la Riera.

—En la calle de la Riera las casas son carísimas. Ni siquiera Calenda puede comprarse algo ahí. Y si no, mira donde vivís ahora con todos los millones que tu tío ha tenido que ganar.

—Mis tíos podrían vivir donde quisieran. Lo que ocurre es que él es un agarrado de cuidado y debe tener todo el dinero escondido.

—¿Y el piso de tus padres?

—Lo vendió e ingresó el dinero en una cuenta a mi nombre. Pero no puedo disponer de ese dinero hasta que no cumpla la mayoría de edad. Es el inconveniente de ser menor de edad —emitió un quejido con la garganta—. Pero tampoco te creas que hay tanto dinero, creo que en total son cincuenta mil euros, porque de la venta del piso hubo que descontar el importe que quedaba por pagar y los gastos de la residencia de mi padre.

—¿No tenía un seguro de vida tu padre?

—Lo desconozco.

—Los bancos obligan a contratar seguros de vida con las hipotecas —aseguró Víctor—. Así cuando alguien fallece queda todo pagado.

—Es igual, porque el piso donde vivíamos era una porquería. Todo es una porquería.

## 47. Ángela

Ángela está de pie en el interior de la joyería Minerva, hablando con una dependienta sobre unos pendientes que encargó una señora. Están solas y la puerta de cristal blindado permanece cerrada. Recoge una muestra del pendiente en el que está trabajando y se adentra en el taller.

Un hombre con la cabeza completamente afeitada se aproxima al aparador. Parece que otea el interior de la tienda, como si estuviera buscando a alguien. Llama al timbre. Desde el mostrador, la dependienta comprueba de un vistazo que ese cliente no supone ningún peligro para la seguridad del comercio. Viste bien y ni sus facciones ni su mirada ofrecen desconfianza. No hay nada que temer, en apariencia, por lo que la chica acciona el interruptor y la puerta se abre.

—Buenos días. ¿Qué desea?

—Quiero hablar con tu compañera, Ángela. Esa chica que estaba hace un momento aquí, contigo.

—Dígame su nombre, por favor.

—Dile que soy Andrés. Andrés Gómez. Si no sabe quién soy, recuérdale que soy compañero de su marido. El que estuvo el otro día en su casa comiendo pizza —sonríe.

La dependienta se adentra en el taller y le comunica a Ángela que un hombre pregunta por ella.

—Dile que ahora salgo.

Mientras espera, Andrés se entretiene en curiosear algunas piezas de joyería de los dos expositores que hay en la tienda. Se fija en algunos relojes que le llaman la atención, sobre todo una colección de Tag Heuer de correa de goma negra perforada. Alguno de ellos cuesta casi dos mil euros.

—Andrés —oye que lo nombran a su espalda—. Me han dicho que preguntas por mí. ¿Qué quieres?

El tono de Ángela es despreciativo.

—Sí. Pasaba por aquí y me preguntaba si te apetecería tomar un café.

Ángela mira un reloj de pared que hay en el interior de la joyería.

—Son ya las doce y media —afirma—. Un poco tarde para un café.

—Nunca es tarde para un café.

La chica mira por encima de su hombro, como si le extrañara que ese compañero de su marido estuviera allí, en la joyería. Desconoce con qué intenciones ha ido a visitarla y de qué quiere hablar, pero acepta el ofrecimiento.

—Aquí al lado hay una cafetería.

—Perfecto —expele Andrés con satisfacción.

—Concha —se dirige Ángela a la dependienta que en ese instante está ordenando unos collares del cajón del mostrador—, salgo un momento a tomar un café con un amigo.

En una cafetería en las confluencias de la Rambla y la plaza Santa Anna, Andrés le ofrece sentarse en la terraza. Y aunque la temperatura es agradable, Ángela lo rechaza. Cuanto menos gente la vea conversando con ese policía, mejor.

—¿Qué es lo que quieres? —le pregunta visiblemente molesta cuando los dos se sientan en una mesa apartada en el interior de la cafetería.

—Vaya, veo que no te gusta andarte con rodeos —responde con dureza—. ¿Te han dicho alguna vez que tienes unas piernas preciosas?

—¿Para eso has querido tomar café conmigo? Creo que ha sido un error venir aquí.

—Espera, Rita —le dice cogiéndola por la muñeca—. No te vayas sin escuchar antes lo que tengo que decirte.

—Me llamo Ángela —mastica las palabras.

—Sí, claro. Y así es como todo el mundo te tiene que conocer, como Ángela, la esposa de Sergio. Nadie tiene que saber nuestro pequeño secreto.

—No tengo ni puta idea de qué me estás hablando, creo que te confundes de persona. Me marcho y tendrás suerte si mi esposo no se entera de esta conversación.

—Tu esposo no se tiene que enterar ni de esta conversación ni de lo que hacías antes de convertirte en Ángela. Siéntate de una puta vez antes de que me cabree —la amenaza—. Crees que me chupo el dedo y que soy tan estúpido como toda la gente que te rodea. Eres Rita Páez Valverde, hija de Matías Páez Ortega y de Lucero Valverde Varela. Un vistazo al archivo documental del DNI para saber que en el año 2006 te cambiaste el nombre por el que tienes ahora y cogiste el segundo apellido de tu padre y el segundo de tu madre. Por eso ahora eres Ángela Ortega Varela —asegura dejando sobre la mesa una copia en blanco y negro de la partida de nacimiento—. Para tu pesar todavía quedan buenos policías que saben investigar. Pero también, para tu suerte, aún quedan buenas personas —expele una sonrisa burlona—. No tengo demasiada buena memoria ni para los nombres ni para los números ni para las caras, pero no olvido nunca una voz. Cuando tu marido me invitó a vuestra casa y te escuché hablar, enseguida supe que te había oído antes, pero no pude ubicarte en mis recuerdos. —Ángela lo escucha en silencio y con los labios apretados—. Busqué información sobre ti para saber quién eras y me encontré que hace nueve años te habías cambiado el nombre y los apellidos. Y me pregunté, ¿quién se cambia el nombre y apellidos? Solo alguien que quiere que no se sepa quién es. Has de saber que El lagarto verde de Calella hace años que no funciona, pero conozco a uno de los dueños y lo llamé por teléfono. ¿Conoces a una guarra que se llama Rita? Le pregunté. Era mi obligación porque recuerdo como hace unos años, mi compañero Alfonso y yo te pusimos el culo como un bebedero de patos. Eran otros tiempos, cuando eras una ramera de alterne, no ahora que eres una respetable mujer de policía.

—Dime de una vez qué quieres y deja de andarte con rodeos.

—Tranquila, amiga, quiero que sepas que no quiero perjudicarte. Todo el mundo tiene derecho a rehacer su vida, y tú no has de ser menos. Pero indagando supe que eres la sobrina de Calenda, el propietario del piso que habéis comprado. Me dije: Andrés, las casualidades no existen. Y si esa guarra de discoteca ha comprado el piso de su tío será por algo. ¿Me equivoco?

—De pleno. No tienes ni puta idea de nada.

—Deja que termine y verás como hasta a ti te hace gracia. He hablado con el Pecas, un inspector que llevó la muerte de Calenda. Lo curioso es que desde un principio sospecharon de ti como la autora. Bueno, quiero decir de Rita. Te interrogaron e interrogaron a los vecinos. Estaba claro que tú visitabas ese trastero, seguramente para chupársela al viejo por cuatro perras, pero de ahí a matarlo hay mucho trecho. Así que me pregunté por qué asesinarías a un vejestorio en el interior de su sótano. Y la respuesta es tan antigua como la propia raza humana: por el dinero. Estoy convencido de que te lo cargaste para robarle su dinero. ¿Me equivoco?

—Me importa una mierda si te equivocas o no —dice con furia—. Solo quiero que me digas qué es lo que quieres.

—He visto un reloj muy chulo en la joyería, mientras te esperaba. Es un Tag Heuer que cuesta más de lo que gana un policía en un mes. Sería una buena forma de comenzar a entendernos.

—¿Un reloj? ¿Eso es lo que me pides para dejarme en paz?

—No, eso solo por el pago a todo lo que me voy a callar para no perjudicarte. Ese reloj es por el silencio de la muerte de Calenda y de tu cambio de identidad para que todo el mundo piense que Rita se fue y no regresará jamás, cuando en realidad está aquí. Quiero hacerte una pregunta.

Ángela se enciende un cigarrillo y de inmediato un camarero le recuerda que en el interior del bar no se puede fumar.

—¿Quieres ir afuera?

—No. Lo que quiero es irme a trabajar.

Andrés mira el reloj.

—La una —dice—. Tu marido no llegará a casa hasta las tres.

—¿Qué quieres decir?

—Te he citado para preguntarte algo que no sé, porque lo

demás lo sé todo. Y es por qué has regresado con otra identidad, cuando te podías haber ido a cualquier parte y comenzar una nueva vida. No tiene ningún sentido que hayas vuelto a la ciudad que tanto daño te hizo. Que hayas comprado el piso de tu tío, cuando te denigró en ese trastero, donde lo mataste. Dime, ¿por qué has vuelto? —Ángela tuerce la cara y mira hacia la calle—. O mejor aún —le ofrece—, faltan un par de horas para que tu marido regrese del trabajo. ¿Por qué no vamos a ese trastero y me dejas que disfrute de tu culo una vez más? Después, y puedes creerme, te dejaré en paz para siempre. Por eso te he citado aquí —le dice ofreciendo sinceridad—, para decirte lo que sé y para que sepas que seré una tumba. Te puedes fiar de mí, porque si hubiera querido joderte ya lo hubiera hecho.

—¿Y el reloj que me has pedido antes?

—Bah, era una broma. Anda, vamos a tu trastero y hagámoslo una última vez. Venga, Rita, a mí no me puedes engañar. Aquella noche en el pub El lagarto verde sé que te lo pasaste pipa cuando Alfonso y yo te dimos de lo lindo. Reconoce —dice bajando la voz para que los pocos clientes del bar no puedan oírlos—, que eres una puta por convicción y no por necesidad.

Ella lo observa con suspicacia y fuerza una mueca que se parece a una sonrisa. Sabe que Andrés quiere sacarla de sus casillas y busca una reacción inesperada por su parte.

—Te lo vuelvo a preguntar otra vez —pasa a la defensiva—. ¿Qué quieres de mí?

—Nada. Ya te lo he dicho. Solo quiero que sepas que soy tu amigo y comprendo que una tiene derecho a olvidar el pasado y centrarse en su futuro.

—No te creo. El otro día, cuando te vi en mi casa, y te reconocí, se me revolvió el estómago. Eres una vergüenza para la policía y para la sociedad. Tu amigo, Alfonso, y tú, me forzasteis en aquel cuartucho del callejón del Lagarto verde.

—Sí, pero no nos denunciaste —dice con satisfacción—. Señal de que no te desagradó.

—No me seas infantil, hijo de puta, no os denuncié porque

tenía las de perder. Dijiste que Alfonso había muerto —Andrés cabecea sonriendo—, pues se lo merecía. Los corruptos como vosotros solo merecéis la muerte.

Por mucho que Ángela se esforzara en ofender a Andrés, este no entraba al trapo y seguía escuchándola sin que en ningún momento se le desdibujara la sonrisa de sus labios.

—No te saldrá gratis —insiste Andrés—. El reloj ese que te he dicho, así tendré un recuerdo tuyo, y un revolcón. Ya ves, soy fácil de contentar.

—Está bien. Déjame un minuto que le diga a la otra chica de la joyería que tengo que irme antes y vamos al trastero de mi piso.

—¿El trastero? No, mejor vamos a mi piso que tengo una cama mullida. ¿No estarás planeando matarme? —emite una sonrisa.

—Yo soy la que pago tu silencio y yo elijo donde hacerlo. En mi trastero nadie nos verá. Y sí que pienso matarte, pero no te pienso decir cómo.

—¿Y Sergio? —Andrés comprende que bromea.

—Sergio no llega hasta las tres de la tarde —dice mirando el reloj—. Si nos damos prisa aún tenemos más de una hora para nosotros —le frota la pierna por debajo de la mesa para convencerlo—. Y sí, tienes razón, aquella noche en Calella me lo pasé bien.

**48.** Ocho años antes

El mes de enero de 2007 estaba tocando a su fin. Ese año dijeron que haría más frío del habitual y se preveía un febrero y un marzo gélido. Rita estaba irreconocible y todavía le costaba respirar después de la última operación de nariz. Comprobó cómo personas con las que tuvo relación en el pasado ni siquiera la reconocían cuando se cruzaba con ellas; su aspecto físico cambió tanto que parecía una chica diferente. La fractura del mentón le dejó el rostro como el de una mujer alemana de ancha barbilla. Y la nariz hinchada le hacían parecer una tahitiana. Lo único que todavía conservaba de antes del accidente era un físico atlético y unas piernas largas y rectas.

Esa semana se pasó por el registro civil con intención de cambiarse el nombre y el orden de sus apellidos. Rellenó el formulario que le solicitaron y eligió modificar el nombre de Rita por el de Ángela, en honor a la actriz Angela Lansbury, por la que sentía una gran atracción desde que la vio, siendo una niña, en varios capítulos de la serie *Se ha escrito un crimen*. Intercambió los apellidos de su padre y de su madre, los primeros por los segundos, algo permitido por la legislación respecto al orden a seguir. Durante esa semana realizó varios viajes hasta Mataró, ya que tuvo que arreglar los nuevos documentos. En uno de esos viajes se tomó un café en la churrería Rosita. Se sentó en una mesa, sola, y mientras removía el azúcar observó la plaza Santa Anna y su reciente remodelación. Por la acera, muy cerca de la parada del bus, pasó un hombre al que reconoció de inmediato.

—No puede ser —masculló en silencio.

Su aspecto era idéntico al de hacía unos meses. La única y última vez que lo vio fue el verano anterior cuando ese hombre y otro la violaron en el callejón del pub de Calella. Vestía distinguido, era alto y moreno y fumaba con elegancia, mientras oteaba la plaza en busca de alguien que, por lo visto, lo dejó plantado. Rita pagó el café, sin terminar de beberlo, y salió a la calle porque necesitaba pasar por delante de ese hombre. Quería comprobar si la reconocía. Solo sabía de él que se llamaba Alfonso. Lo escuchó cuando el otro amigo suyo, Andrés, se dirigió a él en el pub. El hombre comenzó a caminar en dirección a la calle Santa Teresa. Rita lo siguió a corta distancia. Él caminaba confiado, mientras encendía un cigarro que agarraba con fuerza con su mano derecha. Continuó su marcha por la calle Biada. En el cruce con la calle Pizarro se detuvo en la esquina para hablar por teléfono. Vio como hacía aspavientos con los brazos, como si estuviera discutiendo. Ella se detuvo también y trató de disimular delante de un escaparate de moda. Cuando llegaron al barrio de Cerdanyola, Rita comprobó con asombro como el hombre al que seguía se detuvo delante de la comisaría de la policía nacional. Habló un par de minutos con un policía de uniforme que fumaba en la puerta y luego siguió caminando hacia arriba, hasta que se detuvo en un portal de la calle Rosselló.

Durante dos días viajó hasta Mataró por la mañana, a primera hora, y se situó en las inmediaciones de la vivienda de Alfonso. Comprobó como la hora de salida podía variar, pero la de entrada era siempre la misma. No necesitó más tiempo para convencerse de lo que tenía que hacer.

El tercer día viajó en tren hasta Caldes d'Estrac. Recordó que en un bar, enfrente de una gasolinera, donde estuvo hacía años con una amiga, ella le dijo que un tal Cuca podía conseguir un arma. El bar había cambiado. El dueño y la decoración era distinta; aunque el tipo de clientela era el mismo.

—¿Qué quieres tomar? —le preguntó un chico joven que atendía en la barra.

—Un cortado.

—¿Algo más?

—Sí. ¿Conoces a uno al que llaman el Cuca?

## 49. Aurora

Sergio se presenta en L'avi feliç, la residencia de Vilasar de Mar donde está ingresada la señora Aurora. Son las diez de la mañana y sabe que a esa hora los abuelos ya han desayunado y, mientras limpian las habitaciones, los sacan al patio para que les toque el sol. Dispone de unos minutos, hasta las once, y los quiere aprovechar conversando con esa mujer.

—Buenos días —saluda a una chica joven que hay en recepción—. Pregunto por la señora Aurora Páez.

—Está en el patio delantero —responde de inmediato—. Lo tiene usted ahí —señala con una mano de piel blanquecina. Después le dedica una sonrisa.

Sergio sigue las indicaciones y baja una rampa amplia, por donde cabe sobradamente una silla de ruedas. En el patio hay varios ancianos, algunos acompañados por familiares.

—Pregunto por Aurora —consulta a una señora que está en compañía de una chica que por el parecido debe ser su hija.

—Es aquella de allí —señala a una mujer sola, sentada en un banco de madera.

Sergio se acerca a donde está esa mujer. Al aproximarse comprueba como tiene la piel de la cara seca y apergaminada, los años han hecho mella en ella. Recuerda que Trinidad había comentado que tenía principio de Alzheimer, por lo que procura ser cordial en el trato.

—¿Aurora?

La mujer levanta los ojos y le dirige una mirada llena de aprecio.

—Sí, ¿quién eres?

—No me conoce —responde Sergio—. Siento molestarla, pero quería hablar con usted.

—¿Quién eres? —repite la pregunta.

—Me llamo Sergio Alonso. Soy quien compró su piso, el de la calle de la Ginesta.

—Ah, sí. El marido de Ángela.

Sergio se siente contrariado, pero es consciente de que ese tipo de enfermedad sorprende con instantes de lucidez.

—Así es. Adquirimos su piso por mediación de la señora Trinidad.

—¿Eres católico? —le pregunta.

El chico sabe que los católicos siempre quieren saber si los demás lo son también. Supone que es por un sentimiento de confraternidad con los que tienen las mismas creencias.

—Sí, claro —responde. No lo es, pero tarda un lapso de tiempo en responder, lo suficiente como para que ella sepa que miente.

—No lo eres —le dice—. Pero no te preocupes, ya que no ser católico o no profesar ninguna religión no te hace menos malo ni bueno. —Aurora habla con palabras sucintas, como si fuese un telegrama desengrasado—. ¿Hace mucho que estás casado?

—Nos casamos a principio de año.

—¿Y cuánto tiempo habéis estado novios?

—Pues unos años, desde el 2007.

—Vaya, ocho años son muchos —lamenta.

Sergio se sorprende de la buena memoria de esa mujer, ya que es capaz de discernir que están en el año 2015 y restar desde el 2007.

—Depende cómo se mire.

—¿Cuántos años tiene tu esposa?

—Veintiocho, como yo.

—Yo tuve una sobrina que ahora tendría esa edad.

—Rita.

—Sí, Rita. ¿La conociste?

—No, pero he oído hablar de ella.

—Era hija de mi hermano, Matías. Una buena chica a la que la vida no trató bien. Era como esos perros a los que el dueño maltrata y acaban convirtiéndose en unos perros rabiosos que atacan con el mínimo pretexto. He oído casos de gente que fueron atraídos por el demonio y después regresaron a la parte bondadosa que todo ser humano tiene. Pero también he conocido casos de gente buena que fue arrastrada a la parte oscura y su alma se ennegreció como las pezuñas de Satanás. —Sergio comprende que Aurora habla en términos bíblicos, pero no la interrumpe para que siga explicándose—. Fue una buena chica hasta que cumplió los trece años. Pero una serie de infortunios en su vida, como la muerte de su hermano y de su madre y la indigencia de su padre, consumieron su parte buena y la transformaron en un demonio. La maldad, como ya te he dicho, es una hierba que crece en los peores sitios y cuesta arrancarla de cuajo, sin que su raíz se reproduzca de nuevo.

—De la manera que habla —la interrumpe Sergio—, parece que su sobrina fue la que asesinó a su esposo.

—No tengas ninguna duda de ello —asegura mirándolo directamente a los ojos.

—¿Y no lo ha denunciado?

—No, y te diré por qué no lo hice. No la he denunciado porque esa chica se merece una segunda oportunidad.

—¿Sabe dónde está?

—Claro que lo sé. Lo sé desde el día que Trinidad la vio.

—¿Trinidad, la que nos enseñó el piso?

—Sí, Trinidad y yo somos muy buenas amigas y ella sabe qué ocurrió el día que murió mi marido. —Después de las últimas palabras se silencia unos segundos en los que Aurora aprovecha para limpiarse la boca con un pañuelo de tela—. ¿Para qué has venido a verme?

—Bueno, quería conocerla —miente—. Ya que hemos comprado su piso, me parecía lo más justo.

—Igual te parece que soy una anciana frágil —le dice forzando una sonrisa—, pero has de estar al tanto de que sabe más el diablo por viejo que por diablo. Tú has venido a preguntarme algo.

—No sé por qué piensa eso, señora.

—¿Y cuál es la pregunta? —insiste omitiendo su duda.

—¿Qué sabe del autómata que juega al ajedrez? —le pregunta yendo directamente al grano.

—Ves como yo sabía que habías venido para preguntarme algo —se jacta victoriosa—. Ese autómata fue un regalo que le hizo un anticuario de Gerona a mi marido. A Anselmo le gustaba comprarme figuras, cuadros o cualquier objeto religioso para contentarme. Como te he dicho, era un hombre bueno. El autómata venía con un hueco en su armazón donde se le ocurrió instalar una cámara de fotos. La soledad del trastero le vino bien para quitarse de en medio a un sindicalista usurero que quería quedarse con nuestro dinero. Gracias a esa cámara lo pudo fotografiar mientras cometía una infidelidad. A mi esposo siempre le preocuparon los rateros que querían despojarnos de la fortuna amasada durante años de esfuerzo y penuria, así que ese autómata era el mejor vigilante que podía tener. La cámara se activaba con la luz y se desactivaba cuando se apagaba. En los últimos años había instalado una cámara de vídeo que podía grabar hasta ocho horas seguidas.

—¿Dónde está ese autómata?

—No lo sé, pero seguramente contendrá la prueba de quién lo asesinó. La última vez que lo vi estaba en el trastero.

—La policía no lo halló cuando investigó la muerte de su marido.

—Lo sé. No lo hallaron, pero el ajedrecista está ahí.

—¿Dentro del baúl?

—Oh, no. Dentro del baúl solo hay papeles de la empresa de mi marido que ahora ya no sirven para nada.

—¿Y por qué tanto misterio con ese baúl si no contiene nada?

—El baúl no significa nada, pero el hecho de que esté cerrado y tengáis prohibido acceder a su interior es suficiente como para despertar vuestra curiosidad. Quería saber si seríais capaces de comprar el piso pese al inconveniente del baúl. ¿Lo habéis abierto?

—No. Ni se nos ha ocurrido.

—¿Y tu esposa, lo ha abierto?

—Le puedo asegurar que no.

—Eso es porque ya ha superado su rencor y es capaz de vivir con los secretos cobijados bajo llave.

Sergio piensa que esa mujer desvaría.

—Bueno —dice Sergio poniéndose en pie—. Se me ha hecho tarde y eso que es gratificante conversar con usted. En otro rato me acercaré de nuevo a visitarla. Veo que está bien aquí y que no necesita nada.

—Saluda a tu esposa de mi parte. Seguro que le encantará recibir un saludo mío.

—Estoy seguro de que sí —concluye Sergio antes de marcharse.

Cuando se sienta en el coche para regresar a Mataró, lo primero que dice en voz alta es:

—Menuda loca.

## 50. El trastero

Ángela es la primera en llegar al trastero. Se cerciora de que ningún vecino la ha visto acceder al bloque. En la calle, haciendo esquina con el pasaje Almenara, frente a una señal de prohibido aparcar, se queda Andrés dentro de su coche, un Seat León de color negro. La chica abre el trastero con su llave y acciona el interruptor de la izquierda, el que funciona. Sin tiempo que perder extrae de la estantería el libro de Vaucanson. Coge la llave de la contraportada. Con un destornillador que consigue de una de las estanterías separa la carcasa del interruptor y deja la ranura a la vista. Introduce la llave despacio. Respira aliviada cuando comprueba que esa es la llave.

—Piensa, piensa —repite un par de veces—. Tres vueltas completas a la derecha y una vuelta completa a la izquierda.

La pesada baldosa de terrazo se desliza emitiendo un sonido característico mientras el mármol fricciona arrastrándose despacio. En medio minuto el agujero del suelo queda a la vista. Al lado, a apenas un palmo de distancia, está el baúl de tres cerrojos con la cuna encima.

De su bolso coge la pistola eléctrica con forma de teléfono móvil, capaz de soltar una descarga de 30.000 voltios. Cuando la compró jamás pensó que la usaría para vengarse de un violador. Se asoma al hueco de la trampilla y comprueba como en su interior sigue el autómata de Vaucanson.

—Sigues ahí, ¿eh?

Comprueba que después del golpe que se dio cuando lo arrojó en el año 2005, ya no tiene ningún brazo; el único que tenía se fracturó. En su pecho hay un agujero enorme, después de que le extrajera la cámara de vídeo que le colocó Calenda.

—Tres vueltas a la derecha y una a la izquierda y la trampilla se abre. Dos a la izquierda y dos a la derecha y el mecanismo de sepultura se activará —repite para estar segura.

Rita le robó una copia de la llave del trastero a su tía Aurora y durante dos tardes seguidas se ocultó en el interior del armario ropero de madera de roble de tres puertas. Se aovilló en el suelo del armario, bajo un conjunto desordenado de antiguos uniformes de los empleados del desguace. Fue en el mes de mayo de 2005 y las constantes lluvias de ese año habían dejado un inusual ambiente húmedo sobre Mataró. El viejo iba al trastero después de comer y estaba allí hasta la hora de la cena. Se entretenía en leer incunables que almacenó en los últimos años y en limpiar el polvo a los cuadros de santos y figuras que poblaban las estanterías.

La primera tarde, Calenda entró al trastero a las cuatro en punto. Ella se mantuvo agachada y en silencio en el interior del armario. Él tenía 78 años y, como suele hacer la gente mayor, estaba todo el día hablando; aunque estuviera solo. Hablaba en voz alta y constantemente explicaba lo que iba haciendo. Así fue como Rita lo vio desarmar el pecho del autómata e introducir en la cámara de vídeo una cinta DV capaz de grabar hasta 80 minutos.

—Te voy a grabar mientras me la chupas —canturreaba.

Entonces comprendió por qué siempre estaba presente el ajedrecista cuando ella se desnudaba y bailaba para él, porque grababa esos encuentros. Por eso siempre le insistía en que tenía que poner el culo en pompa o girarse de una forma o de otra.

El viejo estuvo ordenando documentos que sacaba y volvía a dejar en el baúl. Era como si tuviese una manía obsesiva con todo lo relacionado con su empresa; aunque ya no existiera. A través de la cerradura del armario vio como se aproximó al interruptor de la luz y lo desarmó con un destornillador. El diminuto agujero y la distancia no le permitieron ver bien lo que hizo, pero se impresionó cuando una abertura se abrió en el suelo, emitiendo el característico sonido de la piedra deslizándose. El viejo metió la mano, sacó unas bolsas de tela que deslió sobre la mesa y entonces supo que allí es donde cobijaba su fortuna.

Cuando Calenda salió del trastero a las diez de la noche, ella aprovechó para abrir esa portezuela del suelo. Pero necesitaba la llave y no pudo ver de donde la había sacado el viejo ni donde la había guardado. Rebuscó en el escritorio y en las estanterías, pero no la halló. Finalmente pensó que quizá la portaba encima, por lo que sería difícil hacerse con ella.

La segunda tarde repitió la misma operación y se ocultó en el armario al mediodía. Calenda llegó antes al trastero, sobre las tres y media, y se sentó en el escritorio donde comenzó a coger figuras de las estanterías mientras las limpiaba con un trapo. Estuvo un buen rato trasteando con el ajedrecista y le abrió el pecho de nuevo y comprobó de forma maniática la cámara varias veces, como si quisiera estar seguro de que funcionaba. Cuando desmontó el interruptor de la luz, Rita no pudo ver si la llave ya la llevaba encima o la cogió de algún sitio. Pero sí que se fijó en que giró dos o tres vueltas a la derecha y una a la izquierda, antes de que la trampilla del suelo se abriese. Y cuando metió la última bolsa de tela dentro, se fijó en lo que hacía con la llave y se dio cuenta de que la dejó dentro de un tarro de cristal de un yogur que había en la estantería más próxima al baúl.

A las siete de la tarde, Calenda cerró la baldosa del suelo, recogió el escritorio y se marchó. Rita pensó que quizá regresaría antes de la noche, por lo que estuvo hasta las diez escondida en el armario. Sus piernas se resintieron y le dolían los hombros y la espalda, pero no se movió hasta que no estuvo segura de que el viejo no regresaría. Cuando salió del armario tenía unas ganas horribles de orinar, pero se aguantó porque sabía que no tendría más oportunidades de espiarlo sin que él se diera cuenta. Hasta ese momento había sido una inconsciente y no calculó lo mucho que se exponía al encerrarse en ese armario, pero entonces supo que Calenda la grababa mientras ella se contorneaba desnuda y, lo más importante, donde escondía el dinero. Desarmó el embellecedor del interruptor de la luz e introdujo la llave en la falsa ranura de la derecha. Dio dos vueltas a la derecha y una la izquierda, pero no pasó nada. Entonces probó la segunda posibilidad: tres vueltas a la derecha y una a la izquierda. Escuchó como la baldosa de terrazo se deslizaba, abriéndose con una lentitud exasperante. Esos cuarenta y cinco segundos que tardó en completarse el proceso se le hicieron interminables. Dentro del hueco había un espacio de poco más de un metro de profundidad, no lo podía calcular bien a pesar de alumbrarse con el flash de su teléfono móvil. Había dos sacos de tela. Alargó el brazo todo lo que pudo y cogió uno con cuidado y lo sacó fuera. Al abrirlo comprobó que era dinero. No había mucho, pero calculó que ese puñado de billetes de diez, veinte y cincuenta euros, serían suficientes como para sentirse recompensada por la humillación que le hizo pasar Calenda. Rápidamente metió el brazo y cogió el otro saco. En este segundo había una cantidad similar de euros, pero pesaba más porque también había monedas. Apoyada en una esquina del interior del hueco había una carpeta que se veía bastante nueva. La sacó y la puso encima del escritorio. No tenía muchas hojas y más bien parecía un manual. Ahí indicaba cómo funcionaba el falso suelo. Detallaba unas cantidades de dinero que tuvo que pagar al constructor, un arquitecto de Badalona. Y la combinación para abrirlo, algo que ya sabía. Pero lo más inquietante fue la explicación que había en ese manual de cómo sepultar el hueco para siempre. En letras rojas había escrito que con dos vueltas completas a la izquierda y dos completas a la derecha, un mecanismo de sepultura se activaría. En un folio había el dibujo de varios gráficos donde señalaba los seis tubos que depositarían la arena, el cemento y el agua. Dos tubos para cada producto.

—Hijo de puta —masculló.

Calenda prefería sepultar el dinero que tuviera allí cobijado antes de que alguien se lo robara. Rita pensó que aquel mecanismo debajo del sótano lo debió encargar junto con la construcción del bloque de pisos, cuando el viejo tenía dinero y en previsión de que algún día alguien quisiera robarle su fortuna, cuando se supone que tenía más dinero que ahora. Pero con los años solo le quedaban dos miserables sacos de tela conteniendo algunos billetes y monedas dispersas.

Ángela sale del sótano con la pistola eléctrica en forma de

teléfono móvil en su mano derecha y desde el vestíbulo le hace una señal a Andrés para que entre.

—Pensaba que te habías rajado —le dice bajando las escaleras.

—Quería estar segura de que no nos veía nadie. Es un bloque de pocos vecinos, pero todos son personas mayores y están más dentro de su piso que en la calle y cualquier ruido sospechoso los alerta y los hace salir al portal. ¿Qué es lo que quieres para olvidarte de mí y de mi identidad? —le pregunta cuando entran en el trastero y ella cierra la puerta a su espalda.

—Te quiero a ti —le dice Andrés, sin rodeos—. Alguien capaz de iniciar una vida nueva, borrando su pasado y cambiándose el nombre, es alguien con mucho coraje. Además solo hay que echarte un vistazo para ver a una tía con un par de cojones. ¿Y esa abertura en el suelo?

Ángela le sitúa el teléfono móvil en la barbilla, como si fuese a afeitarle la cara. Andrés sonríe porque no sabe qué es lo que va a hacer. Pulsa el dedo sobre el botón de encendido y al detectar su huella se activa. La descarga eléctrica consigue que Andrés se desplome en el suelo como si hubiese sido golpeado por una grúa.

—Yo no soy de nadie, hijo de puta —farfulla mientras lo arrastra por los pies hacia el hueco de la trampilla.

El rostro de Andrés se desencaja mientras su boca abierta suelta un chorro de saliva que moja el terrazo. Intenta hablar, pero no puede. Mientras Ángela tira de él hacia el hueco abierto, uno de sus zapatos se le sale. Gira el cuerpo sobre su eje y encara la cabeza en la trampilla. A pesar de que Andrés es un hombre corpulento, consigue elevar medio cuerpo para que entre en el hueco por su propio peso. Al caer, su cabeza se golpea contra la figura del ajedrecista, produciendo un ruido similar al que haría una bola de madera al chocar contra unos bolos. Con gran esfuerzo apretuja sus piernas rígidas para que entren en el orificio del suelo, pero un pie se queda fuera y no hay forma de encajarlo. De la estantería coge el martillo y, por un pequeño espacio que le queda cerca de la rodilla derecha, propina varios golpes a la cabeza del ajedrecista hasta que logra fracturarla. Andrés comienza a espabilarse y tensa su cuerpo tratando de arquearse para salir del agujero. Ángela lanza el martillo varias veces contra su nuca húmeda hasta que nota que deja de hacer fuerza.

Sin tiempo que perder se dirige al interruptor de la entrada e introduce la llave en la ranura. Dos vueltas a la izquierda y dos a la derecha. Pasan al menos cinco interminables segundos sin que ocurra nada. Pasado ese tiempo y de forma instantánea se escucha una mezcolanza de sonidos estridentes, como un conjunto de hierros friccionando. Ángela se asoma a la abertura y ve como la maquinaría se pone en marcha. La arena que sale de los tubos laterales se torna roja cuando se mezcla con la herida de la cabeza de Andrés. El arquitecto no debió calcular que ese hueco en el suelo podía estar relleno con un cuerpo y un autómata, por lo que parte de esa arena salpica fuera manchando el terrazo del trastero. De detrás de la puerta coge un cepillo de barrer y un recogedor y arrastra la arena roja que se ha formado alrededor de la trampilla. Lo último que ve es la portezuela de terrazo arrastrándose lentamente mientras el cuerpo sanguinolento de Andrés se sumerge en un cúmulo de arena y cemento. Cuando la puerta se cierra por completo, escucha los chorros de agua inundando el interior. En unas horas, allí solo habrá una masa de cemento duro. En unas horas, allí no habrá nada. Ni nadie.

**51.** ¿Dónde está el ajedrecista?

Ángela recoge apresurada el interior del trastero. Del suelo pilla el zapato que perdió Andrés y lo introduce en una bolsa de plástico que coge de una de las estanterías. En su interior aboca la arena del recogedor. Se guarda en su bolso la pistola eléctrica con forma de teléfono móvil y quita la llave del hueco que hay debajo del interruptor falso de la puerta, sabe que ese mecanismo ya no volverá a funcionar nunca. Monta de nuevo el embellecedor para ocultar la ranura a la vista, cuando faltan diez minutos para las tres de la tarde. Cierra el trastero y comprueba que no se ha dejado nada. En el silencio todavía puede escuchar el ruido del agua fraguando el cemento y la arena. Es como el goteo de un sirimiri otoñal golpeando una marquesina de uralita.

Sube por las escaleras hasta el piso, en unos minutos llegará Sergio a casa. La bolsa con el zapato de Andrés y la arena la deja en el interior de su armario ropero. Planea que en cuanto le sea posible la arrojará a un contenedor de basura, lejos de su barrio. En el baño se lava la cara y las manos sucias de desmontar el interruptor del trastero y de arrastrar el cuerpo por el suelo del sótano. La toalla con la que se seca la mete en el bombo de la lavadora. Abre la nevera y saca dos cajas de pizza congelada y enciende el horno. Justo en ese momento escucha como su marido abre la puerta del piso.

—¿Otra vez pizza? —pregunta sonriendo cuando llega hasta la cocina.

—No he tenido tiempo de preparar nada —se excusa Ángela.

—He llegado hace un momento de Vilasar de Mar.

—¿Vilasar? ¿No estabas trabajando?

—Sí, pero me he escapado un par de horas y he visitado a la señora Aurora.

—Al final has ido a verla —expele agotada.

—Sí. Y es chocante que la residencia se llame L'avi feliç —

dice con sorna—, cuando no creo que ningún abuelo sea feliz en una residencia.

—¿Y qué te ha contado?

—Nada.

—Hombre, Sergio, algo te habrá contado.

La frente de Ángela se ha perlado de sudor.

—Esa mujer está como una cabra —espeta abriendo la nevera y cogiendo una botella de cerveza por el cuello—. Figúrate, me ha estado hablando de su sobrina, Rita. Por lo visto, Aurora la debe querer mucho porque parece que la disculpa incluso sabiendo, así me lo ha dado a entender, que ella fue la que asesinó a su marido. Ah, y también me ha hablado del baúl, que por lo visto no contiene nada, pero lo dejó ahí para que tú superaras tu rencor y fueses capaz de vivir con los secretos cobijados bajo llave.

—¿Yo?

—Bueno, en realidad creo que se refería a Rita. Pero en el rato que hemos hablado he tenido la sensación de que Aurora os confunde —sonríe.

—Qué estupidez —clama Ángela introduciendo las dos pizzas en el horno—. Por lo que me cuentas creo que a esa señora le falta más de un tornillo.

—Sabes, me he dado cuenta de que hacerse viejo es lo peor que nos puede pasar. La gente mayor desvaría y acaba diciendo cosas que no tienen sentido. Y luego hemos estado hablando del ajedrecista.

—¿El del libro del trastero? —Ángela coge un botellín de cerveza de la nevera y lo abre, bebiendo un sorbo a continuación.

—Sí. Por lo visto es una especie de autómata muy antiguo, del siglo dieciocho, y juega al ajedrez con una mano mecánica. En alguna parte de su chasis debe tener incrustada una cámara de fotos o de vídeo y captura lo que ocurre delante de él. Su marido lo utilizó para desacreditar a un sindicalista usurero de su empresa que lo quiso chantajear, según Aurora. He pensado que si ese autómata estaba en el trastero el día que asesinaron a Calenda, es posible que la cámara de vídeo de su pecho lo hubiera grabado. Y de la manera que hablaba Aurora es posible que la asesina hubiese sido su sobrina.

—Parece que me estés contando una película.

—Y lo es.

—Imagino que la policía estará buscando a la tal Rita y a ese autómata para comprobar todo lo que la señora Aurora te ha dicho.

—Bueno, para hacerlo tendría que haber una denuncia previa. Y, hasta la fecha, nadie la ha denunciado. Creo que esa chica se marchó lejos, con intención de no regresar. La investigación de la muerte del chatarrero no arrojó ningún resultado, así que a ojos de la justicia ella no es culpable. Recabar después de diez años los datos necesarios, sería un trabajo de chinos. Y la policía nacional no dispone ni de los recursos ni del tiempo necesario como para reabrir la investigación. A no ser que surjan nuevas pruebas que así lo determinen, pero de momento no es el caso. ¿Comemos?

—¿Qué?

—Sí, esas pizzas nos están llamando a gritos —Sergio apaga el horno.

—He llegado a la conclusión de que Calenda se merecía la muerte —comenta Ángela secándose la frente con una servilleta de papel.

—¿Por qué dices eso?

—De todo lo que sabemos, de lo que me has contado que te ha dicho Aurora y de las circunstancias de este piso, tengo el presentimiento de que esa familia no se portó bien con su sobrina.

—¿Con Rita?

—Sí, con ella.

—Ahora eres tú la que hablas de Rita, no yo.

—¿Te puedes imaginar esa situación, Sergio? La de una chica joven y vulnerable rodeada de personas codiciosas. Rodeada de una opulencia que no compartieron con ella. Su tío amasó una fortuna con el único fin de cobijarla ahí abajo, en ese trastero. Ante la atenta mirada de un autómata que no era más que un juguete en manos de un avaricioso. ¿De qué sirve tener tanto dinero si no eres capaz de compartirlo?

—Vamos al salón a comer la pizza —le dice mirándola con recelo—. Hablas como si conocieras a Rita. ¿Hay algo que deba saber?

—No. Y no conozco a esa chica. Pero me puedo imaginar su situación y cómo debió de sentirse. Te recuerdo que, al igual que ella, soy una mujer, y ambas tenemos la misma edad. Y las mismas inquietudes. Y los mismos sentimientos.

—Sí —musita Sergio—. Os parecéis mucho, la verdad.

—¿No me has dicho que no la conoces?

—Y no la conozco, creo. Pero me pregunto qué movería a una chica de dieciocho años a asesinar a un anciano desvalido.

—La humillación —asegura con suficiencia—. Sentirse menospreciada y degradada. Tener que arrastrarse para conseguir dinero para comer. Tener que hacer cosas asquerosas para subsistir. Es duro hacerlo con desconocidos, pero tiene que ser insoportable que los que te humillan sean de tu propia familia.

—Yo, bueno. La vida puede llegar a ser muy cruel.

Sergio explora los ojos de Ángela con desconcierto.

—¿Te puedes imagina la vida de Rita? Su hermano muerto, antes de arrodillarse ante la drogadicción y la delincuencia. Su madre muerta. Su padre solo, abandonado en una residencia de ancianos, porque su propia familia no quiso tenderle un cable para que remontara. Su tío abusando de ella desde que era una cría y su tía fingiendo que no se enteraba de nada. ¿Te la imaginas, Sergio? ¿Te puedes imaginar esa vida?

—¿Y eso justifica la muerte de su tío?

—Lo justifica cuando su tío le quiso tender una trampa para humillarla más. Rita era joven y hermosa y tenía toda una vida por delante, pero no tuvo su oportunidad. Nadie se la dio.

—¿De qué trampa hablas?

—Del trastero, me lo has dicho tú. Por eso estaban los dos: Calenda y ella, ahí abajo. Por eso estaba allí ese ajedrecista del que me has hablado, para tenderle una trampa y grabarla en vídeo. En el año 2005 internet ya era una realidad y muchos vieron una forma de ganar dinero y ese viejo cabrón solo pensaba en ganar más y más y más. Grababa vídeos de su sobrina desnuda para luego colgarlos en Internet y sacar dinero.

Sergio corta un triángulo de pizza y antes de echárselo a la boca le pregunta a su mujer:

—¿Estás segura de que no conoces a Rita? Hablas como si tú fueses ella. No me gusta ni la forma en que me miras ni esta conversación. Me siento incómodo. Me siento igual de incómodo que cuando el otro día estuvo Andrés comiendo con nosotros.

—En cierta manera todas somos Rita. Como policía deberías saber que hay muchas chicas de dieciocho años, o incluso menores, que son engañadas para grabar vídeos o reportajes fotográficos que luego se venden en internet. Y la sociedad no solo lo permite, sino que lo alienta. Es como esos católicos que van el domingo a misa a confesarse y entre semana tienen amantes con las que engañan a sus esposas o se van de putas y pagan lo que sea por denigrar a esas mujeres que hacen lo que hacen por dinero. Es como esa chica a la que violan en un camino desierto y después pasan otros hombres y, en vez de ayudarla, la violan también. O esas jóvenes que fuerzan entre varios, aprovechándose de su inocencia, y las drogan o las emborrachan previamente para anular su voluntad. Para algunos hombres las mujeres son sus juguetes y las utilizan a su antojo, incluso para ganar dinero con ellas.

—Come, que se te va a enfriar la pizza —le dice cogiendo otro triángulo del plato—. No todos los hombres somos iguales.

—Lo sé. Y tú, y otros como tú, sois diferentes. Por eso aún hay esperanza. Por eso estoy a tu lado. Y quiero que tú también estés conmigo.

Sergio traga saliva.

—¿Por qué regresar al mismo sitio? Rita podía empezar una nueva vida lejos de aquí, en otra ciudad, en otro piso. ¿Por qué volver?

—Hubo una psicóloga, Inma Soler, que le dijo a Rita que no existe el concepto de vida nueva, sino que la regeneración es construir y crecer sobre lo destruido. Para progresar no hay que destruir, lo que hay que hacer es asumir y afrontar. Por eso regresó a sus orígenes —habla en tercera persona—, para recuperar su vida al lado de alguien como tú. Para aceptar que no todos los hombres son iguales y que se puede construir sobre las ruinas.

Sergio deja medio triángulo de pizza en el plato. Sorbe un trago de cerveza del botellín y se enciende un cigarrillo. Coge aire y le pregunta a Ángela:

—¿Dónde está el ajedrecista?

—Sepultado. No existe. Nunca existió. Es una fábula. Una mentira. Es un fragmento de la parte más oscura de la conciencia de los hombres malvados y allí debe permanecer, en la oscuridad. Es un demonio. Un Dios. Una quimera que concentra la maldad humana. Una salvación.

—¿Y la cámara de vídeo o de fotos?

—Ya no existe. Pero hay docenas de vídeos pululando por internet. Quizá tú mismo has visto alguno. Incluso te has debido excitar con alguno de esos vídeos.

—Lo siento.

—No lo sientas. Todo eso ya forma parte del pasado y ahora solo hemos de pensar en el futuro. El pasado está sepultado bajo kilos de arena, cemento y agua. Y el futuro está aquí, en este piso. En nuestro piso.

Ángela se levanta de la mesa y se dirige a la habitación de matrimonio. Se pone una chaquetilla fina, coge la bolsa de plástico conteniendo el zapato que perdió Andrés en el trastero y la arena que escobó de la trampilla y se encamina a la puerta.

—¿Te vas?

—Solo salgo un momento. Tengo que ir al curro a recuperar dos horas que he perdido esta mañana.

—¿Y esa bolsa?

—No es nada. Unos zapatos gastados que, camino de la joyería, arrojaré al contenedor. Hay que soltar lastre si queremos avanzar.

Sergio se asoma al balcón y observa como Ángela camina por la calle de la Ginesta, dirección a la esquina del pasaje Almenara. En ese momento vislumbra como Rita se perdió por esa misma esquina en aquella tarde de junio del año 2005, mientras Calenda yacía cadáver en el interior del trastero.

—Rita —susurra.

\* \* \*

## Nota final

Querido lector, espero y deseo que haya disfrutado de esta novela, y de ser así, le agradecería que la valorara y/o comentara en amazon.es o amazon.com, para que de ese modo otros lectores puedan conocer y compartir sus opiniones.

Gracias, y nos vemos en la próxima aventura.

Si quiere saber más, puede buscarme en:

www.estebannavarro.es

**Más novelas**

El altruista (2020)

Rock Island (2020)

Natasha (2020)

El ajedrecista (2020)

La rubia del Tívoli (2019)

El cónsul infiltrado (2019)

El apagón (2018)

Penumbra (2018)

La marca del pentágono (2018)

El club de la élite (2017)

Una historia de policías (2017)

El reactor de Bering (2017)

Ángeles de granito (2016)

La gárgola de Otín (2016)

Los ojos del escritor (2016)

Diez días de julio (2015)

La puerta vacía (2015)

Los crímenes del abecedario (2014)

El buen padre (2014)

La noche de los peones (2013)

Los fresones rojos (2013)

La casa de enfrente (2012)

Printed in Great Britain
by Amazon